回味从前

民国名家旧食记

周作人 张亦庵 徐蔚南 等 著
许庆元 选编

北京日报出版社

序　言

一饮一啄存诗意　故纸堆中寻老饕

一席民国宴，寻味旧时光。

这是一幅由精选自民国报刊的六十六篇雅致小品荟萃呈现的民国名家美食地图，谈吃辨味，鼎煮中西，找寻文人饮食的诗意，搜罗故纸堆中的食单，梳理沪上旧京的食肆，品味故乡异地的回甘。

这是一场跃然纸上的饕餮盛宴，名家用细致入微的笔触记录各自记忆的味道，北平烤肉，无锡脆鳝，广东烧腊，福州肉燕，嘉兴南湖菱，山城担担面，澳门烤乳鸽，吴门花果馔……直读得人齿颊留香，暗自垂涎。

这是一次有滋有味的文化之旅，王市隐于史书轶事中探究“文人好吃”的旨趣，范烟桥对比中西将“食在中国”的妙处娓娓道来，雷红记录旅途中的“东南食味”，郁达夫品评福州的

“饮食男女”，张恨水梦萦“果子市”的清芬，汪仲贤寻味大江南北的“特别”……“油炸鬼”的渊源典故，“进京香糕”的闲话逸闻，由《橄榄》杂志思及童年乐事“橄榄茶”，以《红杂志》栏目文风譬喻食材汇集的“红杂拌”，糖炒栗、落花生，吃食背后透着大家小文旁征博引、信手拈来的恬淡谐趣。

这是一瓮由情感发酵的岁月陈酿，宴之趣、味之道蕴含的人生况味让人不觉唏嘘，鲁迅说儿时的蔬果记忆是他思乡的蛊惑，知堂道故乡情淡难忘毛笋糕团，有谁知硬面饽饽呼声背后的凄清幽厉，只无奈时局变动家常烘山芋也渐行渐远……

有诗须有酒，有文应有画，遂于个别文末点缀白石老人画作以为呼应。齐白石亦爱吃，他在写给乡人马璧的信中说道：“尤有绿皮菌（菌面之皮淡绿色者是，皮白色者为石灰菌及红皮者皆味苦极，不可食），夏日始生，以柴火熏干，炒鸡鸭远胜鸡鸭汤煮白菜也（吾贤如能易办，愿不时寄来，当另图报，如不易得，勿强也）。”笔走龙蛇，字里行间透出一位食家的自我修养。

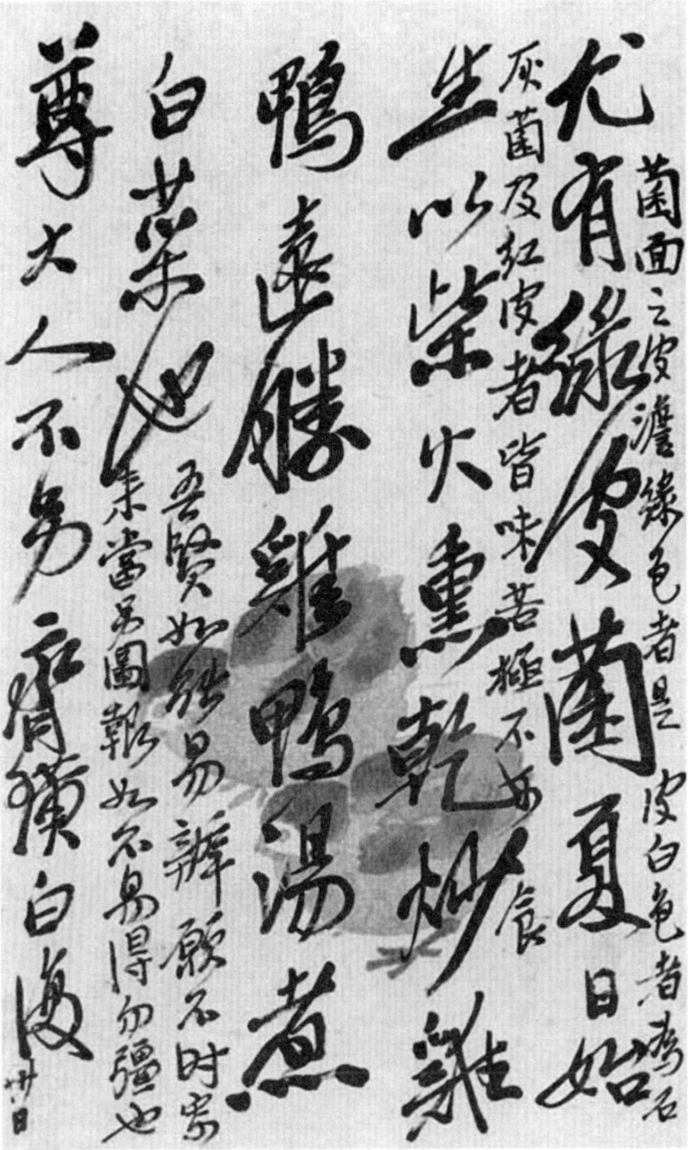

齐白石写给乡人马璧的书信

虽为旧食记，亦有新意趣。“狼虎会”严独鹤对沪上酒食肆的全面梳理堪称大众点评网的雏形，莲影详述的苏州茶食店恍若如今的甜品探店指南，汤团的甜与咸，嘉兴粽与广式粽的内容比对，苏广月饼的迥异风味，老字号的前世今生……无论时代如何变迁，人们的味道记忆也大多有着“古早”的印记，只是我们未曾发觉。

滋味总是旧时好，加了时光滤镜的吃食在人们记忆中留存的已不仅仅是食物本身的味道了。当时经过浑无赖，事后相思尽可怜。

常支折脚鼎，自煮花蔓菁。饮食的韵味需要我们读着书，静下心，慢慢品，正所谓：一饮一啄存诗意，故纸堆中寻老饕。

选编者记

目录

食味杂记

故乡回味

城市味道

风味琐记

别样嗜好

吃的文化

闲话茶事

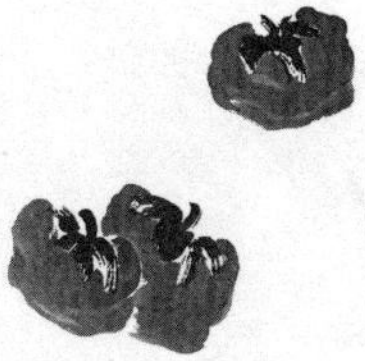

南北点心

花果飘香

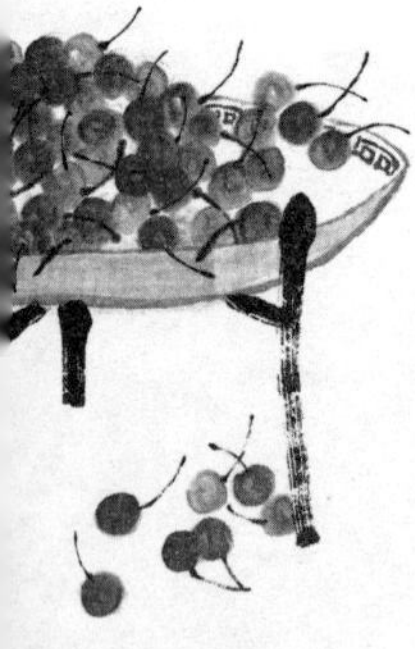

食味杂记

鲁彦

食味杂记

如其他的宁波人一般，我们家里每当十一二月间也要做一石左右米的点心，磨几斗糯米的汤果。所谓点心，就是有些地方的年糕，不过在我们那里还包括着形式略异的薄饼、厚饼、元宝等等。汤果则和汤团（有些地方叫作元宵团）完全是一类的东西，所差的是汤果只如钮子那样大小而且没有馅子。点心和汤果做成后，我们几乎天天要煮着当饭吃。我们一家人都非常喜欢这两种东西，正如其他的宁波人一般。

母亲、姐姐、妹妹和我都喜欢吃咸的东西。我们总是用菜煮点心和汤果。但父亲的口味恰和我们的相反，他喜欢吃甜的东西。我们每年盼望父亲回家过年，只是要煮点心和汤果吃时，父亲若在家里便有点为难了。父亲吃咸的东西正如我们吃甜的东西一般，一样的咽不下去。我们两方面都难以迁就。母亲是最要省钱的，到了这时也只有甜的和咸的各煮一锅。照普遍的宁波人的俗例，正月初一必须吃一天甜汤果，因此欢天喜地的元旦在我们是一个磨难的日子，我们常常私自谈起，都有点怪祖宗不该创下这种规例。腻滑滑的甜汤果，我们勉强而又勉强地还吃不下一碗，父亲却能吃三四碗。我们对于父亲的嗜好都觉得奇怪、神秘。“甜的东西是没有一点味的。”我每每对父亲说。

二十几年来，我不仅不喜欢吃甜的东西，而且看见甜的（糖却是例外）还害怕，而至于厌憎。去年珊妹给我的信中有一句“蜜饯一般甜的……”竟忽然引起了我的趣味，觉得甜的滋味中还有令人魂飞的诗意，不能不去探索一下。因此遇到甜的东西，每每捐除了成见，带着几分好奇心情去尝试。直到现在，我的舌头仿佛和以前不同了。它并不觉得甜的没有味，当甜的和咸的东西在面前时，它都要吃一点。“甜的东西是没有一点味的。”这句话我现在不说了。

从前在家里，梅还没有成熟的时候，母亲是不许我去买来吃的，因为太酸了。但明买不能，偷买却还做得到。我非常爱吃酸的东西，我觉得梅熟了反而没有味，梅的美味即在未成熟的时候。故乡的杨梅甜中带酸，在果类中算最美味的，我每每吃得牙齿不能吃饭。大概就是因为吃酸的果品吃惯了，近几年来在吃饭的时候，总是想把任何菜浸在醋中吃。有一年在南京，几乎每餐要一二碗醋。不仅浸菜吃，竟喝着下饭了。朋友们都有点惊骇，他们觉得这是一种古怪的嗜好，仿佛背后有神的力一般。但这在我是再平常也没有的事情了。醋是一种美味的东西，绝不是使人害怕的东西，在我觉得。

许多人以为浙江人都不会吃辣椒，这却不对。据我所知，三江一带的地方，出辣椒的很多，会吃辣椒的人也很多。至于宁波，确是不大容易得到辣椒，宁波人除了少数在外地久住的人外，差不多都不会吃辣椒。辣椒在我们那边的乡间只是一种玩赏品。人家多把它种在小小的花盆里，和鸡冠花、满堂红之类排列在一处，欣赏辣椒由青色变成红色。那里的种类很少，大一点的非常不易得到，普通多是一种圆形的像钮子般大小的所谓钮子辣茄（宁波人喊辣椒为辣茄），但这一种也还并不多见。我年幼时不晓得辣椒是可以吃的东西，只晓得它很辣，除了玩赏之外，还可以欺侮新娘子或新女婿。谁家的花轿进了门，常常便有许多孩子拿了羊尾巴或辣椒伸手到轿内去，往新娘子的嘴上抹。新女婿第一次到岳家时，年青的男女常常串通了厨子，暗地里在他的饭内拌一点辣椒，看他辣得皱上眉毛，张着口，胥胥地响着，大家就哄然笑了起来。我自在北方吃惯了辣椒，去年回到家里要买一点吃吃便感到非常苦恼。好容易从城里买了一篮（据说城里有辣椒出卖还是最近几年的事），味道却如青菜一般一点也不辣。邻居听说我能吃辣椒，都当作一种新闻传说。平常一提到我，总要连带地提到辣椒。他们似乎把我当作一个外地人看待。他们看见我吃辣椒，便要发笑。我从他们眼光中发觉到他们的脑中存着“他是夷狄之邦的人”的意思。

南方人到北方来最怕的是北方人口中的大蒜臭。然而这臭在北方人却是一种极可爱的香气。在南方人闻了要吐，在北方人闻了大概比仁丹还能提神。我以前在北京好几处看见有人在吃茶时从衣袋里摸出一包生大蒜头，也同别人一样的奇怪，一样的害怕。但后来吃了几次，觉得这味道实在比辣椒好得多，吃了大蒜以后还有一种后味和香气久久地留在口中。今年端午节吃粽子，甚至用它拌着了。“大蒜是臭的”这句话，从此离开了我的嘴巴。

宁波人腌菜和湖南人不同。湖南人多是把菜晒干了切碎，装入坛里，用草和篾片塞住了坛口，把坛倒竖在一只盛少许清水的小缸里。这样，空气不易进去，坛中的菜放一年两年也不易腐败，只要你常常调换小缸里的清水。宁波人腌菜多是把菜洗净，塞入坛内，撒上盐，倒入水，让它浸着。这样做法，在一礼拜至两月中咸菜的味道确是极其鲜嫩，但日子久了，它就要慢慢地腐败，腐败得臭不堪闻，而至于坛中拥浮着无数的虫。然而宁波人到了这时不但不肯弃掉，反而比才腌的更喜欢吃了。有许多乡下人家的陈咸菜一直吃到新咸菜可吃时还有。这原因除了节钱之外，还有一个原因是为的越臭越好吃。还有一种为宁波人所最喜欢吃的是所谓“臭苋菜股”。这是用苋菜的干腌菜做成的。它的腐败比咸菜容易，其臭气也比咸菜来得厉害。他们常常把这种已臭的汤倒一点到未臭的咸菜里去，使这未臭的咸菜也赶快地臭起来。有时煮什么菜，他们也加上一两碗臭汤。有的人闻到了邻居的臭汤气，心里就非常地神往；若是在谁家讨得了一碗，便千谢万谢，如得到了宝贝一般。我在北方住久了，不常吃鱼，去年回到家里一闻到鱼的腥气就要呕吐，唯几年没有吃臭咸菜和臭苋菜股，见了却还一如从前那么喜欢。在我觉得这种臭气中分明有比芝兰还香的气息，有比肥肉鲜鱼还美的味道。然而和外省人谈话中偶尔提及，他们就要掩鼻而走了，仿佛这臭食物不是人类所该吃的一般。

选自 1925 年《东方杂志》第 15 期

张亦庵

物色

一个人吃东西，辨味道，不只于用口用舌；鼻子和眼睛也分任其职，所以品评食物的味道时，往往把色香味三事并举。辨色当然用眼，辨香则用鼻子，辨味才用到舌头。

颜色鲜美的东西，一见之下，便会使人胃口大开。例如，许多广东店店面悬挂着的那些鲜红油润的烧肉、烧鸭、叉烧之类；第一流西点橱窗里陈列的花色蛋糕，虽然隔了一层玻璃，气味不可得而相亲，但是已经足够叫人涎垂三尺了。

果实之类，更是靠它们的天然艳色来引诱人的食欲。樱桃、柿子的鲜红，枇杷的金黄，石榴的晶莹，不但人们看见了生爱，就是鸟儿见了也忍不住要啄食；因此而把它们的种子传播到远方。这虽然是植物的推销广告术，而颜色之足以引起食欲，于此可见一斑。

至于皮蛋之类，色陋难看，虽然好吃，但是往往令异乡人望而却步，甚至毁为Rotten Eggs。那透明的蛋清里孕着的朵朵松花之美，只有爱好皮蛋之味的人才会去赏识。像这种其貌不扬的食品，请外宾初次尝试时，最好请他们掩住眼睛去吃。

根据颜色与食欲关系的原则，烹调的能手，往往很注意颜色。讲求之道，约可分为三点：

第一是原来色泽的保持：釜爨之材，不论荤素，均有其本来的色泽。例如虾仁的粉红调子，竹笋的仿佛象牙，青菜的碧绿生青，鸡肉的白圭无玷；又如带鳞鲤鱼的鳞光闪闪，韭芽的嫩白鹅黄，都是它们本来的美色。烹煮时，宜保留的都应该保留。粤菜之不轻易妄用酱油者，就是这个道理。西菜烹调，对于此点，亦很讲究。徽帮、宁帮等则往往滥施酱油，甚或重加菱粉，不仅菜肴的原色给掩盖了，而且看来一塌糊涂，此其所以在色的方面不能取胜也。

第二是色的配合：一簋之色彩，自有文章，配合适宜，实为要事。一碗馄饨，何以要放几片生菜？一盘烧肉，何以要放一撮芫荽？炒虾仁而配以青豆、火腿、竹笋之粒，蒸鸡而点缀两枚红枣。此中虽然尚有关于香和味以至于营养消化等作用，而与颜色之配合以求悦目者，亦大有关系焉。

第三是人工辅助的色泽：如荷包蛋之煎得微黄，烤鸭之涂上藤木水，叉烧之熏以朱油等是。

煮豆不能用铁器煮，藕亦不能用铁器煮，而且切藕最好用钢刀，否则其色容易变黑。颜色变黑了，对于卫生，对于味道都没有影响，看起来就不好看了。

选自 1943 年《新都周刊》第 13 期

张亦庵

吃香

色之美者，世称秀色可餐，色之可餐，在前次的《物色》篇中已经论及。其实可餐者不止秀色，香味亦自可餐也。例如香面孔及接吻等类之事，一方面是求触觉上的满足，同时亦即所以满足嗅觉。

香味不但与饮食有密切的关系，就对于一个人的感情、心理也大有作用。化妆品之所以加以各种香料，是什么原因，这是可想而知的。关于感情心理的不谈，且谈谈它对于饮食的关系吧。

假如我们患了重伤风，舌头的味觉如常，但是鼻腔则因为发炎而嗅觉麻木了的时候，随便吃什么山珍海味，都不会觉得好吃的，原因就是虽能辨其味而不能辨其香。

同样的汽水、冰淇淋，或者刨冰之类，放进各种不同的香料，便会使你发生各种不同的感觉：什么香草、柠檬、香蕉、菠萝等等，无非是对于嗅觉的一点技巧。

在自然现象说起来，一切可吃的东西都有它们可用嗅觉来辨别的气味，不论是植物的或动物的。这种气味，一来可以引起我们的食欲，二来可以使我们分辨得出新鲜或腐败。一枚熟透了的芒果或香蕉，和一块腐败了的鱼肉，给予我们食欲的影响是怎样的不同呀。

调制食品的能手是深知此中奥妙的，他们除了极力发挥食物原有的香气之外，更会用人工帮助它的香气。葱蒜椒姜的施放，就是这种作用。然而葱蒜椒姜是显而易见，简而易明的；除此之外，尤有精深的巧妙。犹如清蒸鲥鱼之所以放一些香草丝，炖鸡脚之所以用冬菇，蒸鱼肠之所以要放陈皮，煎牛扒之所以要有洋葱头，都是根据这个原理而产生的更高深的方法。

还有粤菜的煎炒，有所谓镬香者，这就完全在乎用油起镬时加一点葱蒜先行炸焦了所得的香味，然而出自名手或庸手就大有不同。这种镬香得趁刚刚出锅，热气蓬勃时才领略得着，等到冷了，或重热之后便消失无余了。

选自 1943 年《新都周刊》第 14 期

张亦庵

辨味

老天爷真是个了不得的创造者，他会把我们的五官制造得如此精致周密。同时他又该是个始创第一家的科学管理法的发明人，他会把我们的五官职司支配得如此严格。

就以我们的一条舌头来说吧，它就职有专司，单独地只管味觉，黑的白的，红的青的，它一概不问；是和谐的声音，是嘈杂的声音，它也不知。我们身体上任何一个官能，决不会像工程学士去干起银行经理，教育硕士去干百货公司的部长，地质学家去写文学那样的缠杂不清。像我们的舌头，除了专管辨味道以外，至多是参加点说话时候的工作，这可以算为它的副业，此外便不再兼什么职，没事的时候，它便可以休息休息了。

因为工作的专门，它便熟极生巧，虽然辨别味道是那么简单的一回事，可是它干起来一点也不含糊。凡是有味的，眼睛所看不到的，耳朵所听不出的，十指所摸不出的，一经它去分辨，它便立刻可以决定它的性质程度，而且还可以分别出它的能吃不能吃。它的参谋是津液，它的助手是牙齿，它的联络机关是鼻子。

我国古代的学者大概也颇富于科学精神的吧，他们爱把一些重要的东西来分析说明。他们把色彩分成五色：青黄赤白黑；他们把声音分为五音：宫商角徵羽；他们把味道也分为五味：咸甜酸苦辣；他们甚至把宇宙间的一切元素也分为五类：金木水火土。每种都不出一个五的数目，而且彼此又有配合象征之处。虽然现代的科学已经有进一步的说法，所有那些东西的数目不一定都是五，可是那初步说明的“五”，似乎是经过精心研究出来的。像五味里的咸甜酸苦辣之外，我们似乎不能再举出第六种调味的名称出来，有之，唯有所谓“鲜”，而“鲜”的这种味道，在广东语里的习惯也拿来归并在甜的一类里。广东语对于一种味道很鲜的东西，如干贝、鲍鱼之类，往往说它味道很甜，仍然在五味范围之内。

五味之中，苦味最不受人欢迎，似乎不入调味了，然而也不尽然。粤菜里有苦瓜焖鲥鱼或炒牛肉，嗜之者津津有味。有人嫌“苦”字不好听，似乎不吉利，改成凉瓜（因为是夏天的食品，而且在药物作用上其性清凉），其实味道还是苦的。又如江南人爱吃百合汤，百合之味也带微苦。至于温州橘子，虽然它的橘络格外嫩白可爱，但是其味之苦，叫初吃的人吃了，会为之蹙额，然而爱吃温州橘子的人却以为它有回味。至如洋货的芦笋也微带苦味，好就好在这一点微苦。

善用辣味的，当推川菜和湘菜，然而吃不惯的人往往吃得汗泪交流。北方人的生吃胡葱，天津青萝卜生吃，也是辣不可当的东西。西洋人只会掺用些胡椒粉，他们连四川榨菜那样的东西也没有。咖喱鸡是印度人的发明，虽然早已列入西菜，究竟不是西洋人的创作也。

选自 1943 年《新都周刊》第 17 期

王市隐

文人好吃

文人好吃，自古如斯。博学于文的孔子，《论语》也说他“食不厌精，脍不厌细”。前句意甚明白，后句怎样讲？脍俗作鲙，就是以活鱼洗净，切为薄片，和以老醪椒品，自古视为席上之珍。汉魏以来，如枚乘《七发》、张衡《七辨》、曹植《七启》，都极力称赞他。今广东人好吃“鱼生”，即古代作脍遗法，古味重于中原，今转流行于岭表了。后儒注解《论语》者，以为孔子大圣，不会唯口腹是图，乃曲解这两句话，以为“厌”，极也，即“食不极精，脍不极细”。（刘宝楠《论语正义》）殊不知好吃为人们生理上要求，圣人当与凡民无异。这样穿凿的解释，显然不合乎事实。当真要不食人间烟火，或返回原人时代茹毛饮血习惯，乃足成为大成至圣吗？晋唐以后文人，最考究吃食的，要算苏东坡。诗云“我生涉世本为口，一官久已轻莼鲈”，已明白宣布他的宗旨。他又作《老饕赋》《东坡羹颂》，他对于酿酒烹茶及一切膳食，均有丰富经验及精密的方法，东坡总算文人中吃食门槛最精的一个了。但文人好吃，与一般人之沉迷于甘旨肥浓的，旨趣迥殊。现在把文人吃食特点，约略写在下面。

文人吃食有偏嗜：文人吃食，与他研究学问一样，他爱了那种学问，必定寝馈与俱，形影不离。他爱了那一种食品，也是深嗜笃好，甚至终身不变其志。现在举几个清朝人来做例子。艺术家梁山舟最喜吃枇杷，梁工书法，友人要求他写字的，只需预备纸墨，再以大盘盛枇杷数百枚，陈于座右，梁且啖且书，枇杷吃尽而纸亦完。工于骈体文的孙星衍，嗜蟹若命，每餐必设，孙有呕水病，而吃蟹则愈。桐城派古文家梅伯言，极嗜栗子，尝入都，道上每日蒸以当饭，自王营（江苏北境地名）抵都门（今北平）共吃栗三十多斤。文人嗜好，令人难测，最奇怪的，南北朝时刘邕嗜吃疥痂，以为味同鳆鱼，则又偏嗜之尤特别的了。

文人多工烹调：苏东坡就算一个，他煮芦菔羹诗云："我昔在田间，寒庖有珍烹。常支折脚鼎，自煮花蔓菁。中年失此味，想像如隔生。"不是显然的证据吗？他又有食猪肉诗云："黄州好猪肉，价贱如粪土。富者不肯吃，贫者不解煮。慢着火，少着水，火候足时他自美。每日起来打一碗，饱得自家君莫管。"不又是显然的证据吗？因此后人于"东坡羹"外，又添一"东坡肉"嘉名。东坡肉就是烂焖肉，现在老牌厨房里还流行着。历来文人，工于烹饪的很多，就拿东坡做个代表吧。

文人因好吃而关于饮食作品日多：自唐朝陆羽《茶经》、韦巨源《食品》，开了先路，宋以后作者尤多。如王灼《糖霜谱》，东溪遁叟《粥品》及《粉面品》，海滨逸叟《制脯品法》，王叔承《酿录》，灌畦老叟《蔬香谱》及《制蔬品法》，都是研究日常饮馔之最著名的。其他茶经、酒谱、食单，以及一切食物作品，真是美不胜收，更仆难数。吾国饮食，风靡全世界，东西各国人士，久居中土者，止须谈到中国式的饮馔，无不津津乐道，口角流涎。历来文人研究宣传的功劳，实在不小。

总之，文人好吃，确为事实，但与豪门巨室珍馐罗列、穷奢极侈的不同；又与庸夫俗子徒哺啜也无所用心者又绝殊，文人饮食是有诗意的，是无形中有益于社会的。

选自 1944 年《紫罗兰》第 17 期

雷红

东南食味

有人说，中国人是一个吃的民族，因为讲到食味，似乎只有中国独擅胜场。这句话自有其部分的道理。中国菜看像中国麻将一样，复杂而有变化，非一副牌五十四张扑克所能及。例如上海的京馆子盛创一鸡五吃，便是西菜所望尘莫及。上海人欢喜组织聚餐会，集合几位饕餮同志，定每一星期或每半个月聚餐一次——儿时看海上杂志，看到有一个聚餐的组织，定名为“狼虎会”，以狼吞虎咽来命名，确实表示了中国人的好吃，而这，又是由于烹饪上自有独到之处所致。

其实“吃的民族”四个字有点语病。说这是个要“吃”的民族，外国民族何尝不要吃？说是中国民族专门讲究吃吧，则他们又不是一天到晚吃个不停——否则人人要变成胃病患者了。只有一种说法是成立的：中国的烹饪艺术高人一等。如果以此指中国为“吃的民族”，仍然还算瞎子摸象式的批评——既然中国的烹饪艺术高人一等，所以历来就有不少食谱之类流传后世，好像李笠翁也有一本家庭食谱刊行过。细细研究，倒是一部专门学问。流风余韵，降及今日，自有知名女士在报纸副刊上开出菜单，指示不同风味的菜肴应当怎样烧法。因此我写了“东南食味”四个字以后，有点不寒而栗；以我阅历之浅，经过的地方又如是之少，而今世的易牙如是之多，要谈东南食味，未免有点班门弄斧。但我在极少几次的游程中，却非常珍视这难得的机缘，一尝各地著名的菜肴。然则不妨以“门外”的姿态，写出一点新鲜的印象。

夫子庙里的锅贴

到南京去玩的一天，中饭在新市场的曲园里吃的。曲园是一家湖南馆子，每种菜里有辣味，还是经主人特别关照“轻辣”，然而对于一个江南人已感“醮着些儿麻上来”，有点吃不消了。饭后游燕子矶与玄武湖回来，汽车长驱到贡院街，午间的饱餐，因登山涉水而告空虚，肚子慌得可以。游夫子庙时，里面的锅贴正好起锅，一个山东大汉用铁铲敲击锅子，发出金属的当当之声，加以油煎得香味扑鼻，不觉撩人饥肠，于是坐下来据桌大嚼，其香、脆、腴、鲜的滋味，的确特有胜场。其实食味的欣赏，说穿了不值一哂，主要在于饿，饿极了遂觉得什么都有滋味，不限于物品的精致与否。南京玩了一天，中餐与晚餐都是丰盛的筵席，我觉得并不怎样好。南京菜包括著名的盐水鸭在内，觉得没有什么特别之处，倒是在薄暮时分来到夫子庙，坐在长板凳上吃一碟油煎锅贴，感到非常亲切而永远念念于怀的。

迎宾楼的脆鳝

今年早春，到无锡去玩了两天。夜车一到无锡站，就有一辆 Station Wagon（旅行汽车）送到无锡著名的菜馆——迎宾楼。凭着楼窗，在昏黄的荷叶白壳罩的电灯下，看到菜馆里的宾客如云，真有一点小城市繁华的感觉。在最先送上来的四只冷盆之中，便有一碟是久违十年的脆鳝。脆鳝的外形，太像一条小蛇，因此有的人因其外形之奇特而不敢一尝异味。其实便是蛇，又有什么可怕。岭南人士以吃“龙虎门”为丰盛筵席，而此中之“龙”，正是一条无毒的青小蛇。同游的宁波董君，生平没有吃过这样东西，我怂恿他凭了他的理智，可以一尝此特殊风味，结果大加赞赏。原来脆鳝是用鳝背在大油锅里炸，再和以蜜汁煎炙，使之香脆，其风味确可代表是无锡的。肉骨头也是无锡特产之一，但在上海的五香野味店里，也可搜求得到，不能算作稀罕。唯有脆鳝才是真正的无锡产物也。迎宾楼还有一样特殊的东西，是枣糕。酒至半酣，送上一盆热腾腾的点心，是栗色的枣糕，又甜又糯，一阵枣子的香味微微在咀嚼中体味到，正所谓齿颊留芬。我在回上海的时候，原想带一篮枣糕，适巧迎宾楼的枣糕已经卖完，于是只能空手而返了。

三大元的嫩豆腐

在无锡的最后一次午餐，是在城外竹行街附近的三大元吃的。这是一家陈旧的饭店，像上海十六铺的德人馆。据无锡人说，真正要吃无锡菜，就要到这种馆子里来，因为迎宾楼多的是上海游客，有时的菜肴，不免带有海派。三大元的掌柜，对于我们之来临，欣喜以外还杂有抱歉的姿态，似乎表示蓬荜之地，有辱高轩的样子，这是内地馆子中不是十分茂盛者所特有的谦抑态度。这里的菜肴以浓腴取胜，而其中的烧嫩豆腐是颇为著名的。他们的豆腐是整整五大方，不知怎样烧法，好像它从锅里到盆子里没有碰破，而当你的筷子一点上去的时候，如同象牙一般光润的豆腐便四分五裂了。豆腐用鸡汁烹煮，鲜味好像渗入了豆腐。在桌上许多浓腴的菜肴里，它就独标高格，以清淡见长。豆腐入菜，在其他筵席上难得遇见；唯有无锡的菜肴中，是以此为名菜的。

石家饭店的鲃肺汤

苏州木渎镇开设了一家菜馆，厥名“石家饭店”，是完全靠了灵岩山的游客而生存的。原来开设在那里，平平常常，只是供游客鼓腹的一个所在。自从战前有一年，国府元老于骚心先生来游木渎，吃到了他们的一味菜——鲃肺汤之后，于髯翁击掌称赏，即席题诗，写赠石家饭店主人，诗曰：“老桂花开天下香，看花走遍太湖旁。归舟木渎犹堪记，多谢石家鲃肺汤。”

石家饭店的名气因之大振。四乡异地的游客，凡游灵岩者必到石家用膳，若是中秋时节，鲃肺汤便在必吃之列，好像非此不足以为归去时的谈助。石家饭店主人因此对于髯翁的题诗珍如拱璧，配以红木镜框，悬诸内厅，俨然看家之宝了。

我们在夏末时分来到木渎，侥幸鲃肺汤已经上市，当然要一尝此阔别已久的佳味。鱼腥之类，本是制汤上品，再加之是秋令中极少的珍品，用以煨汤，的确清鲜可口。据肆中人云，鲃鱼都是活杀，取其肝脏（俗称鲃肺）入汤，加以火腿、鱼片、虾仁，自然集各种新鲜的东西于一碗，格外觉得其味之美了。乡间鱼虾得之极易，又不会陈宿，这是容易讨好之处，盖以地理环境取胜者也。

石家饭店另外有一味“酱方”也是好菜。酱方是煮烂的红烧肉，作长方形的一整块，并不十分油腻。春秋佳日，以酱方下饭，能增食欲。和石家饭店匹敌的另外有一家徐家饭店，烹调方法与前者一般无二，只因石家饭店的名声大一点，所以游客争趋。在游览区域，古今名人驻足之所，往往可以扬名远方，亦足见宣传之功效了。

观前的小吃

苏州的观前街，饭馆以松鹤楼著名。但在春秋假日，宾客踵接，生意兴隆时，烧出来的菜肴，未必每种都能使顾客满意，所以我想略而不谈。这里我想介绍一点苏州小吃。

糖果与蜜饯一类东西，苏州人称为“茶食”，盖作为茶余之细嚼者也。有人说，你在吴苑吃茶，可以一天到晚尽嚼小吃，而无需正式的午餐。这足以证明苏州的小吃是怎样的丰富。

糖果之中，松子糖自是一绝。重糖松子尤其美丽，集色香味三者之大成。白色细小的颗粒上黏着红色的玫瑰花屑，精致得可爱，与海上的巧克力糖并列，判然是东方美人与西方美人的分别一样。前者的韵致，绝非西式糖果所能企及。与松子糖同样精致的则有半梅与蜜渍梅子，各剖其半，拌了糖霜，同样点以玫瑰花屑，便是欣赏它的外形，也够你喜欢了。我的朋友广州陶君，虽向来提倡“食在广州”，也对此半梅叹为“吃”止。

阊门内有一家茶食店，名桂花村。在春暖时分，出售方糕，为苏城之最。他们的方糕，甜馅特别考究，豆沙里杂有桂浆，芳香特甚。来买方糕的必须预订，否则便有向隅之憾。譬如上海的沈大成，同样有方糕卖，但其味觉上的差别，真如你用了一支“派克五十一”，再用中国仿制的“文士五十一”金笔的差别一样，处处感到有天壤之别。

五芳斋的糯米粽

早车到了嘉兴，就驱车到五芳斋去吃粽子。我们早已在上海吃过了广东粽子，这一种粽子又大又结实，什么甜肉、卤肉、豆沙等等，非我们江南人所能全部接受。但嘉兴的糯米粽却不是这么一回事。它的外形与广式粽子类似，内部却大异其趣。鸡肉是完全一大堆鸡肉，鲜肉是完全一堆鲜肉，而且其馅之大，竟占据了整个粽子体积十分之七，外层所包裹的糯米，成为一种藩篱，倒像是鸡肉馅的附庸。它不像广式粽子这样坚实，吃时需要用“掘矿精神”，而是甚为松软的。吃这种粽子有两种好处，第一因为糯米是附庸，虽然看来外形庞大，吃了并不过饱；第二鸡肉丰富，用大锅原汤煮熟，滋味全为糯米所吸收，其香、糯、鲜，像八宝鸭肚中所掏出来的一般。

嘉兴还有一样著名的食品是南湖菱。南湖的四分之一区域全是菱塘。夏末秋初，坐了小乌篷船，点篙的船娘会悄悄地撑到菱塘区，让你自己伸手去采几只菱吃。当然这一些菱不能满足你的欲望，若是想多吃一点的话，非要出钱去买不可了。新鲜的南湖菱绿得可爱，没有生刺的角，像一个老于世故的人，把他所有的锋棱都磨尽了。菱肉极嫩，宜于生剥，不像苏锡一带的沙角菱，老得异乎寻常，宜于熟吃的。秋日往来于沪杭线上的旅客，每当火车靠嘉兴站时，就有小贩跑前，夹喊着南湖菱，一小篮的代价可不便宜，但在车窗寂寞的时候，买一篮尝尝鲜，确也别有风味。车站离南湖不远，离市区也不远，所以这里叫卖的菱，还算新鲜。

奎元馆的虾蟹面

杭州清和坊有一家面馆，名奎元馆，差不多每一个到杭州去玩的人都到那里去吃过他们的面。这家面馆有一点是特殊的，说面馆便是专门卖面，菜肴没有，其他的点心也没有。苏州的松鹤楼夏令是以卤鸭著称于旅客之间，可是他们在午晚餐时间便供应酒菜，来吃晚餐的人多于吃卤鸭面的人。其实他们做菜，还不及苏州的义昌福和天兴园等几家菜馆正宗。

因此我们赞成奎元馆的专门以面为营生的馆子。春秋时季，旅客蜂拥来杭，假若他们开辟酒菜部，凭了他们的声名，不怕没有顾客。但他们不这样做，仍以面为独门生意，这是人不可及之处。

春天去的旅客们，吃到他们的虾爆鳝面，以为好得不能再好了。他们眼看在一个小院子里三四个厨师簇集在小方桌子上“出虾仁”，随“出”随烧，非常新鲜适口。他们煮面的方法又是所谓“小锅面”，即每一碗面都是个别煨煮，并非先把汤烧好了，再把一大锅滚熟的面分配到碗中去的。

但你要尝到奎元馆的美味，非待秋日去不可。因为那时去有他们最擅胜场的虾蟹面，就是因为煮法特殊，别家面馆无法和他们竞争。杭游的最后一天，我们到近湖滨的正兴馆去。八时到那边，他们的虾仁还没有“出”好，改吃鸡丝面，了无是处，也许因为奎元馆的印象太好之故。

精华集于上海

然则上海又如何呢？有人说东南食味的精华，集于上海，这话一点也没错。最大的虾仁在上海，最大的蟹也是在上海，最好的西瓜在上海，最好的酒类在上海。上海是以第一流的烹饪来补救其菜肴新鲜程度之不及的——所以国际饭店的丰泽楼便以“皇御厨”为号召了。

过去有一个时期，本地馆子极为蓬勃，“××老正兴馆”触目皆是。本地馆子确有其特殊之处，像一味油爆虾、一味蟹黄油、一味生煨草头，虽然搬出来的菜肴不及粤菜馆的艳雅入时，但乱头粗眼自有其接近乡土的韵致。这就是南市十六铺的德兴馆，以如此肮脏的地区，陈旧的布置，而能招致外国顾客赏光的原因。一个美国友人对我说：“到了这里，我才真正尝到了代表中国风味的可口的菜肴。”我不禁为之哑然失笑，这无非是为这个异国友人转换一下都市的环境而已，中国风味的可口菜肴，岂可仅以德兴馆之流为代表哉？

选自 1948 年《旅行杂志》第 1 期

范烟桥

食在中国

从《中美周报》上，见到几家中国饮食的广告，可以推想美国人和华侨在纽约如何爱好中国的饮食了。许多留学美国的朋友，总是说远离祖国，吃了一点中国菜，便油然而生思乡之念，无怪张季鹰在洛阳，因秋风起，便思念故乡的“菰菜莼羹鲈鱼脍”而挂印归来了。

中国熟食的发明，远在欧洲之前，《礼记》：“古者未有火化，食草木之实，鸟兽之肉，后圣有作，修火之利，以炮以燔，以为酪醴。”所谓“后圣”，就是传说“燧人氏钻火，始炮生为熟，人无腹疾”，以及包牺氏“取其牺而包之”。当时也只会把鸟兽之肉在火上炮和燔，现在的烤猪、烤鸭、烤羊，大约还是数千年前的方法。

欧洲的生活尽管改变、进化，可是烹饪之道，还不能像中国的突飞猛进，而中国会把各种动物、植物、矿物一起煮成一种肴馔，并且使各物的滋味调和融合，这是全世界公认的至上技术。

中国的肴馔，因地域的不同，与人民嗜好的不同，各有其不同的烹馔方法，而最大的差别，是甜酸苦辣，各趋极端，大概黄河流域以及长江上游，都爱辣的，长江下游都爱甜的，易地而处，便觉得不合胃口，虽出名厨，也不会津津有味的。所以孟子说的："口之于味，有同嗜也。"大约他没有到过江南来，所尝到的，都是黄河流域差不多的滋味，按之实际，是不合理的，口之于味，不尽同嗜的。

还有动物、植物的所舍，也是不同的，江南人爱虾蟹，西北连虾蟹都没有见过，或许要怀疑，和江南人见到广东人吃蛇猫一般，舌挢不下了。有几个广东青年，不敢吃西湖莼菜，是同一理由。

近来为了交通进步，人们有好奇的心理，见有他处运来的山珍海馐，都要尝试一下，这样就彼此交流，菜肴的取材，愈见广泛，所以中国的大都市，已有许多菜肴，无分派别，成为共同所有了。尤其是广东菜，更为普及。

中国的烹饪方法，大约有二十多种，用猛火的为煎、熬、炒、炮（俗作炰）、烘、烤、涮、熏、氽、焙等。用文火的，为蒸、焗串、脱泡、炖、燉、烧、煮等。此外有一种脍法，是中西相同的。"脍"字正的韵"侩"，《唐韵》《集韵》韵"会"都作古外切，是发音轻重之别。《说文》云"细切肉也"，是把各种肉切成细条，混在一起煮汤，广东馆的“杂脍汤”，最为正宗。西菜中间，也只有这种汤煮得最好，但是不及中国的脍法，更复杂而入味。说起历史来，此法甚古，吴王脍鱼，鱼丝入太湖，化为银鱼，至今银鱼无骨，张季鹰的“鲈鱼脍”就是此法。但是现在江南已不传，所以易实甫曾经说，唯有广东独能保存此古法。中西艳称的“李鸿章杂碎”，也是把各种肉条子合在一起煮汤，试想一种肴馔而包含多种的美味，如何不使吃惯单纯鱼肉蔬菜的欧洲人啧之称赞呢？

中国人不仅以新鲜物品煮成肴馔，并且还有许多方法，能把物品隔了长久，别成风味，如用盐来“腌”，用酒来“浸”，用糖来“渍”，用酒酿来“糟”，放在太阳里“腊”，挂在空气流通处“风”。

广东馆冬天的“生”，苏州人称为“菊花锅”，北方的涮羊肉，有些相似，不过他们只有一种生羊肉的片子而已，这种吃法或许从西北传来，现在日本也通行了。

中国菜肴所以能如此进步，一由于历来帝皇及贵族，都讲究饮食；二由于肯虚心接受各地的好方法，可是地方色彩仍能保持。倘然以上海为代表，那么所有的馆子，已有北平、天津、山东、河南、四川、安徽、云南、广东等数种，把地域缩小一点，还有杭州、宁波、湖南、无锡等数种，此外更有不用猪肉、猪油的清真教门（即回教），不用荤腥的素食。

我以为中西肴馔的不同，和音乐一样的，中国音乐，重在谐和，而西方音乐要不谐和；中国音乐使各种不同的乐器，合成一种同一音阶的声音，而西方音乐在使各种不同的乐器，各有其高低之音阶（这是指主乐器而言）。譬如西菜中的鸡端上来，边上放着些黄瓜、番茄、芦笋之类，目的在使滋味调节，但是仍旧各有其味；不像中国的鸡，倘然用火腿、冬笋同煮，不仅鸡中渗透了火腿、冬笋的滋味，而且冬笋也含有鸡与火腿的滋味，即使喝着汤，很有微妙的感觉了。

中国的文学家，也有注意烹饪的，最著名的是袁枚的《随园食单》，此外私家厨子，具独得之秘的，更是多不胜举。此次抗战，四川成都的“姑姑筵”颇为驰名，但是还没有流传到上海来。为了菜肴味美，所以饭是单纯的，近来有各种炒饭，是急就章，为事忙者而设，或者是经济一点。粥也变了，广东馆的粥，和佛家的“腊八粥”差不多，不过一是荤，一是素。北方吃麦粉制的馍馍、花卷、薄饼之类，和以肴馔，和吃饭的趣味不同。

肴馔和器皿，很有关系，铁器时代、铜器时代以后，以金银器皿为最贵，自从有了瓷器以后，一千多年来，没有什么改变，而在形式上与花色上随着时代而异，近来多采用西方器皿，别有新奇之感。而最要条件是菜肴的多少与器皿的大小，必须配合，不宜过空，不宜过实。色调也得相称，浓淡衬托，先在视觉上得到美感，也可增加食欲。

各种记载，仅有笼统语，如“食前方丈”，如“何曾日食万钱，犹无下箸处”等，不能知道奢侈到如何程度，倒是小说《红楼梦》第五十三回“荣国府元宵开夜宴”，有着一张食品的账单，是：“大鹿三十只，獐子五十只，狍子五十只，暹猪二十个，汤猪二十个，龙猪二十个，野猪二十个，家腊猪二十个，野羊二十个，青羊二十个，家汤羊二十个，家风羊二十个，鲟鳇鱼二百个，各色杂鱼二百斤，活鸡、鸭、鹅各二百只，风鸡、鸭、鹅各二百只，野鸡、野猫各二百对，熊掌二十对，鹿筋二十斤，海参五十斤，鹿舌五十条，牛舌五十条，蛏干二十斤，榛、松、桃、杏瓤各二口袋，大对虾五十对，干虾二百斤……”中间有几种不知道如何滋味。鲟鳇鱼，苏州人称为“着甲”，别地方不吃的。大对虾就是“明虾”。野猫是广东菜，蛏干是宁波菜，其余多北方风味。这一回连燃料米粮共费银二千五百两（合现在约一亿多元）可算得豪华了。但是还没有鱼翅，见得鱼翅算贵重食品还是在乾隆以后呢。

记得辛亥光复那年，菜馆的招牌，“满汉全席”，都把方线写了“大”字，贴没那“满”字，成为大汉全席，却没有知道所谓满汉全席是怎样的格局？我想满洲的肴馔，未必高明的，照德龄女士的《清宫二年记》所记清宫的日常肴馔，并不精美，不过种类多些，所以说有几碗日子隔了多日，已经变味了，这和“方丈”之说，有些符合。

肴馔的名目，以广东馆最典丽矞皇，鸡是称为凤爪，猫蛇称为龙虎斗，还有用极华美的词藻，这里见“叙宴餐馆”的广告，有“驰名水碗”一语，不知道是什么食品。

苏州振华女学的通讯，有汪安琦女士描写旧金山唐人街的近貌，极言那边中国饭店的清洁卫生，美人趋之若骛，因为非但食品佳美，且有大量的中国物品。纽约的中国菜馆，当然比旧金山更胜。而中国一般菜馆，对于整洁方面，太不注意，比较的还是广东馆，至于那些“本帮馆”，如上海的“老正兴”之类，进门就见厨房，而且杂乱龌龊，油腥混浊，先自令人不快，这是最大遗憾。

谢肇淛《五杂俎》记各种食品甚众，颇多怪异：“吴越王宴陶谷，蝤蛑至蟛蜞凡十余种，陶谷不尽知其名，云一蟹不如一蟹。”据说淮安有鳝鱼席，全用鳝鱼制成肴馔，有十余种之多，真是洋洋大观，西方决不能及。又云：“孙承佑一宴，杀物千余；李德裕一羹，费至二万。蔡京嗜鹌子，日以千计；齐王好鸡跖，日进七十。江无畏日用鲫鱼三百，王黼库积雀鲊三楹。……先大夫初至吉藩，遇宴一监司，主客三席耳，询庖人，用鹅一十八，鸡七十二，猪肉百五十斤，他物称是。”那么明朝的贵族还是如此奢侈的。大概家厨烹饪，不惜工本，所以拣精剔肥，多所耗费，自然味胜寻常了。自从“适馆授餐”以后，决不会如此不经济了。

我很寄热望于海外侨胞，能把中国肴馔精益求精，以诱改外国朋友，不仅是发扬中国饮食的文明，也可以增进口福，从而认识中国是世界上最进步的，因为国外的饮食，绝无中国进展得如此快速广大，包罗万象变化无穷的。

选自 1948 年《中美周报》第 290 期

故乡回味

周作人

故乡的野菜

我的故乡不止一个，凡我住过的地方都是故乡。故乡对于我并没有什么特别的情分，只因钓于斯游于斯的关系，朝夕会面，遂成相识，正如乡村里的邻舍一样，虽然不是亲属，别后有时也要想念到他。我在浙东住过十几年，南京、东京都住过六年，这都是我的故乡，现在住在北京，于是北京就成了我的家乡了。

日前我的妻往西单市场买菜回来，说起有荠菜在那里卖着，我便想起浙东的事来。荠菜是浙东人春天常吃的野菜，乡间不必说，就是城里只要有后园的人家都可以随时采食，妇女小儿各拿一把剪刀一只“苗篮”，蹲在地上搜寻，是一种有趣味的游戏的工作。那时小孩们唱道：“荠菜马兰头，姊姊嫁在后门头。”后来马兰头有乡人拿来进城售卖了，但荠菜还是一种野菜，须得自家去采。关于荠菜向来颇有风雅的传说，不过这似乎以吴地为主。《西湖游览志》云：“三月三日男女皆戴荠菜花。谚云：三春戴荠花，桃李羞繁华。”顾禄的《清嘉录》上亦说：“荠菜花俗呼野菜花，因谚有‘三月三，蚂蚁上灶山’之语，三日人家皆以野菜花置灶径上，以厌虫蚁。侵晨村童叫卖不绝。或妇女簪髻上以祈清目，俗号眼亮花。”但浙东人却不很理会这些事情，只是挑来做菜或炒年糕吃罢了。

黄花麦果通称鼠曲草，系菊科植物，叶小微圆互生，表面有白毛，花黄色，簇生梢头。春天采嫩叶，捣烂去汁，和粉作糕，称黄花麦果糕。小孩们有歌赞美之云：“黄花麦果韧结结，关得大门自要吃，半块拿弗出，一块自要吃。”

清明前后扫墓时，有些人家——大约是保存古风的人家——用黄花麦果作供，但不作饼状，做成小颗如指顶大，或细条如小指，以五六个作一攒，名曰茧果，不知是什么意思，或因蚕上山时设祭，也用这种食品，故有是称，亦未可知。自从十二三岁时外出不参与外祖家扫墓以后，不复见过茧果，近来住在北京，也不再见黄花麦果的影子了。日本称作“御形”，与荠菜同为春天的七草之一，也采来做点心用，状如艾饺，名曰“草饼”，春分前后多食之，在北京也有，但是吃去总是日本风味，不复是儿时的黄花麦果糕了。

扫墓时候所常吃的还有一种野菜，俗称草紫，通称紫云英。农人在收获后，播种田内，用作肥料，是一种很被贱视的植物，但采取嫩茎瀹食，味颇鲜美，似豌豆苗。花紫红色，数十亩接连不断，一片锦绣，如铺着华美的地毯，非常好看，而且花朵状若蝴蝶，又如鸡雏，尤为小孩所喜，间有白色的花，相传可以治痢。很是珍重，但不易得。日本《俳句大辞典》云："此草与蒲公英同是习见的东西，从幼年时代便已熟识。在女人里边，不曾采过紫云英的人，恐未必有罢。"中国古来没有花环，但紫云英的花球却是小孩常玩的东西，这一层我还替那些小人儿们欣幸的。浙东扫墓用鼓吹，所以少年常随了乐音去看"上坟船里的姣姣"；没有钱的人家虽没有鼓吹，但是船头上篷窗下总露出些紫云英和杜鹃的花束，这也就是上坟船的确实的证据了。

选自 1924 年 4 月 5 日《晨报副刊》

孙伏园

绍兴东西

从前听一位云南朋友潘孟琳兄谈及，云南有一种挑贩，挑着两个竹篓子，口头叫着："卖东西呵！"这种挑贩全是绍兴人，挑里面的东西全是绍兴东西；顾主一部分自然是绍兴旅滇同乡，一部分却是本地人及别处人。所谓绍兴东西就是干菜、笋干、茶叶、腐乳等等。

绍兴有这许多特别食品，绍兴人在家的时候并不觉得，一到旅居外方的时候便一样一样地想起来了；绍兴东西的挑子就是应了这种需要而发生的；我在北京，在武汉，在上海，也常常看见这一类挑子。

解剖起来，所谓绍兴东西有三种特性：第一是干食，第二是腐食，第三是蒸食。

干食不论动植物质，好处在：整年的可以享用这类食品，例如没有笋的时候可以吃笋干，没有黄鱼的时候可以吃白鲞（这字读作“响”，是一个浙东特有的字，别处连认也不认得）；增加一种不同的口味，例如芥菜干和白菜干，完全不是芥菜和白菜的口味，白鲞完全不是黄鱼的口味，虾米完全不是虾仁的口味；增加携带的便利，既少重量，又少面积，既没有水分，又不会腐烂。这便是干食的好处。

至于腐食，内容和外表的改变比干食还厉害。爱吃腐食不单是绍兴人为然，别处往往也有一样两样东西是腐了以后吃的，例如法国人爱吃腐了的奶油，北京人爱吃臭豆腐和变蛋（俗曰皮蛋）。但是，绍兴人确比别处人更爱吃腐食。腐乳在绍兴名曰“霉豆腐”，有“红霉豆腐”和“白霉豆腐”之别。

白霉豆腐又有臭和不臭两种，臭的曰“臭霉豆腐”，不臭的则有“醉方”和“糟方”，因为都是方形的。此外，千张（一名百叶）也有腐了吃的，曰“霉千张”。笋也腐了吃，曰“霉笋”。

菜根也腐了吃，曰“霉菜头”。苋菜的梗也腐了吃，曰“霉苋菜梗”。霉苋菜梗蒸豆腐是妙味的佐饭菜。这便渐渐讲到蒸食的范围里去了。

盐奶是一种烧盐的余沥。烧盐的时候，盐汁有点点滴下的，积在柴灰堆里，成为灰白色的煤块样的东西，这便是盐奶。盐奶的味道仍是咸——盐奶的得名和钟乳石的得名同一道理——而别具鲜味，最宜于做“抲豆腐”吃。“抲”者是捣之搅之之谓。豆腐捌了之后，加以盐奶，面上或者加些笋末和麻油，在饭锅子里一蒸，是多蒸几次更好，取出食之，便是价廉味美的豆腐了。

又如干菜蒸肉，是生肉一层，干菜一层，放在碗中蒸的，大约要蒸二十次或十五次，使肉中有干菜味，干菜中也有肉味。此外，用白鲞和鸡共蒸，味道也是无穷，西湖碧梧轩绍酒馆便以这“鲞拼鸡”名于世。

选自 1933 年《文艺茶话》第 2 期

鲁彦

故乡的杨梅

过完了长期的蛰伏生活，眼看着新黄嫩绿的春天爬上了枯枝，正欣喜着想跑到大自然的怀中，发泄胸中的郁抑，却忽然病了。

唉，忽然病了。

我这粗壮的躯壳，不知道经过了多少炎夏和严冬，被轮船和火车抛掷过多少次海角与天涯，尝受过多少辛劳与艰苦，从来不知道颤栗或疲倦的呵，现在却呆木地躺在床上，不能随意地转侧了。

尤其是这躯壳内的这一颗心。它历年可是铁一样的。对着眼前的艰苦，它不会畏缩；对着未来的憧憬，它不肯绝望；对着过去的痛苦，它不愿回忆的呵，然而现在，它却尽管凄凉地往复地想了。

唉，唉，可悲呵，这病着的躯壳，病着的心。

尤其是对着这细雨连绵的春天。

这雨，落在西北，可不全像江南的故乡的雨吗？细细的，丝一样，若断若续的。

故乡的雨，故乡的天，故乡的山河和田野……还有那蔚蓝中衬着整齐的金黄的菜花的春天，藤黄的稻穗带着可爱的气息的夏天，蟋蟀和纺织娘们在濡湿的草中唱着诗的秋天，小船吱吱地触着沉默的薄冰的冬天……还有那熟识的道路，还有那亲密的故居……

不，不，我不想这些，我现在不能回去，而且是病着，我得让我的心平静：恢复我过去的铁一般的坚硬，告诉自己：这雨是落在西北，不是故乡的雨——而且不像春天的雨，却像夏天的雨。

不要那样想吧，我的可怜的心呵，我的头正像夏天的烈日下的汽油缸，将要炸裂了，我的嘴唇正干燥得将要迸出火花来了呢。让这夏天的雨来压下我头部的炎热，让……让……

唉，唉，就说是故乡的杨梅吧……它正是在类似这样的雨天成熟的呵。

故乡的食物，我没有比这更喜欢的了。倘若我爱故乡，不如就说我完全是爱的这叫作杨梅的果子吧。

呵，相思的杨梅！它有着多么惊异的形状，多么可爱的颜色，多么甜美的滋味呀。

它是圆的，和大的龙眼一样大小，远看并不稀奇，拿到手里，原来它是遍身生着刺的哩。这并非是它的壳，这就是它的肉。不知道的人，一定以为这满身生着刺的果子是不能进口的了，否则也须用什么刀子削去那刺的尖端的吧？然而这是过虑。它原来是希望人家爱它吃它的。只要等它渐渐长熟，它的刺也渐渐软了，平了。那时放到嘴里，软滑之外还带着什么感觉呢？没有人能想得到，它还保存着它的特点，每一根刺平滑地在舌尖上触了过去，细腻柔软而且亲切——这好比最甜蜜的吻，使人迷醉呵。

颜色更可爱呢。它最先是淡红的，像娇嫩的婴儿的面颊，随后变成了深红，像是处女的害羞，最后黑红了——不，我们说它是黑的。然而它并不是黑，也不是黑红，原来是红的。太红了，所以像是黑。轻轻地啄开它，我们就看见了那新鲜红嫩的内部，同时我们已染上了一嘴的红水。说它新鲜红嫩，有的人也许以为一定像贵妃的肉色似的荔枝吧？嗳，那就错了。荔枝的光色是呆板的，像玻璃，像鱼目；杨梅的光色却是生动的，像映着朝霞的露水呢。

滋味吗？没有十分成熟是酸带甜，成熟了便单是甜。这甜味可决不使人讨厌，不但爱吃甜味的人尝了一下舍不得丢掉，就连不爱吃甜味的人也会完全给它吸引住，越吃越爱吃。它是甜的，然而又依然是酸的，而这酸味，我们须待吃饱了杨梅以后，再吃别的东西的时候，才能领会得到。那时我们才知道自己的牙齿酸了，软了，连豆腐也咬不下了，于是我们才恍然悟到刚才吃多了酸的杨梅。我们知道这个，然而我们仍然爱它，我们仍须吃一个大饱。它真是世上最迷人的东西。

唉，唉，故乡的杨梅呵。

细雨如丝的时节，人家把它一船一船地载来，一担一担地挑来，我们一篮一篮地买了进来，挂一篮在檐口下，放一篮在水缸盖上，倒上一脸盆，用冷水一洗，一颗一颗地放进嘴里，一面还没有吃了，一面又早已从脸盆里拿起了一颗，一口气吃了一二十颗，有时来不及把它的核一一吐出来，便一直吞进了肚里。

“生了虫呢……蛇吃过了呢……”母亲看见我们吃得快，吃得多，便这样地说了起来，要我们仔细地看一看，多多地洗一番。

但我们并不管这些，它成了我们的生命，我们越吃越快了。

“好吃，好吃。”我们心里这样想着，嘴里却没有余暇说话。待肚子胀上加胀，胀上加胀，眼看着一脸盆的杨梅吃得一颗也不留，这才呆笨地挺着肚子，走了开去，叹气似的嘘出一声“咳”来……

唉，可爱的故乡的杨梅呵。

一年，二年……我已有十六七年不曾尝到它的滋味了。偶尔回到故乡，不是在严寒的冬天，便是在酷热的夏天，或者杨梅还未成熟，或者杨梅已经落完了。这中间，曾经有两次，在异地见到过杨梅，比故乡的小，比故乡的酸，颜色又不及故乡的红。我想回味过去，把它买了许多来。

“长在树上，有虫爬过，有蛇吃过呢……”我现在成了大人，有了知识，爱惜自己的生命甚于杨梅了。我用沸滚的开水去细细地洗杨梅，觉得还不够消除那上面的微菌似的。

于是它不但更不像故乡的，简直不是杨梅了。我只尝了一二颗，便不再吃下去。

最后一次我终于在离故乡不远的地方见到了可爱的故乡的杨梅。

然而又因为我成了大人，有了知识，爱惜自己的生命甚于杨梅，偶然发现一条小虫，也就拒绝了回味的欢愉。

现在我的味觉也显然改变了，即使回到故乡，遇到细雨如丝的杨梅时节，即使并不害怕从前的那种吃法，我的舌头应该感觉不出从前的那种美味了，我的牙齿应该不能像从前似的能够容忍那酸性了。

唉，故乡离开我愈远了。

我们中间横着许多鸿沟。那不是千万里的山河的阻隔，那是……

唉，唉，我到底病了。我为什么要想到这些呢？

看呵，这眼前的如丝的细雨，不是若断若续地落在西北的春天里吗？

选自1935年《文学杂志》第1—6期

范烟桥

橄榄茶

江浙一带，有一种传说，乡下人从城里人那里拿到一个橄榄，咬了一口，觉得十分涩味，急忙把剩下的橄榄向草屋顶上掷去。可是过了些时，滋味回甘，清香可口，便爬到草屋顶上去找寻所掷去的橄榄。用力过猛，砉的一声，草屋坍倒下来了。因此有了一句成语，叫作“乡下人吃橄榄爬坍草屋”。的确，橄榄这东西，有些奇怪，上口时甚是难受，给唾沫浸润以后，起了化学作用，滋味就变得爽脆而甘芳了。所以有“谏果”之号，比于“忠言逆耳利于行”，倒很贴切的。

不知道是谁发明的，称它为元宝。在新年里泡在茶里，送给人吃，以为发财之征。苏州的茶馆里从年初一到正月半，每一壶茶里都放着橄榄一枚，加收茶钱二十文，是茶博士的“外快”。那些浴堂里，都是放在碟子里的，数目总在十个左右，那么浴客的犒赏，就得特别从丰。

吃橄榄茶，也是童时的乐事，因为可以随着家长到茶馆里，吃各种闲食。但是到了自己成为家长的时候，却只有“会钞”的义务，没有什么乐事可言了。

前几天静安寺附近，有一个卖橄榄的，向人讲民族英雄故事，如岳武穆文文山之类。可说是有心人。据他的自我宣传，在战前做过中学教员的。老友程小青、徐碧波以小说家卖橄榄，也可以算是橄榄史上的新纪录。

选自 1939 年《橄榄》第 3 期

周作人

绍兴的糕干

今年鲁迅逝世二十周年纪念，有在北京的一家报馆当编辑的友人往绍兴去参观鲁迅的故家，回来送了我一包绍兴土产“香糕”。友人的盛意固然可感，特别是那多年久违了的故乡特产，引起我怀旧之情，几乎已经忘记了的故乡的事情不免又记忆起来了。

老实说，我对于故乡是没有多少情分的。第一是绍兴的气候不好，夏天热煞，冬天冷煞，因为那里没有防寒设备，在北京住久了的人，都感觉很困难，特别是一年三季都有蚊子，更是讨厌。绍兴的山水总还是好的，但也不见得比江浙别处好到哪里去。那么可以一谈的也就只是物产这一方面了，而其中自然以关于吃的为多。

鲁迅在《朝花夕拾》的小引中曾云：“我有一时，曾经屡次忆起儿时在故乡所吃的蔬果：菱角、罗汉豆、茭白、香瓜。凡这些都是极其鲜美可口的，都曾是使我思乡的蛊惑。”这些蔬果本来都是很好的，但是我所记得的却是糕团。我在十年前所作《儿童杂事诗》中有一首云：“嘉湖细点旧名驰，不及糕团快朵颐。艾饺印糕排满架，难忘最是炙麻糍。”

这里所谓糕团是指“湿”的一类，与“嘉湖细点”那些所谓“干点心”有别。那友人送我的一包“香糕”是属于干的，可是它与糕团有一脉相通之处，即是都用米粉所制，而不是用麦粉的。这在绍兴统称“糕干”，明说是干的糕类。据范寅的《越谚》卷二“饮食”门内，这一项下注云：“米粉作方条，焙熟成干，极松脆，为越城名物。与绍酒通市京都，故招牌书‘进京香糕’。昔多黄色，今多白色，其粉更细而佳。”

绍兴香糕店很多，最有名的是“孟大茂”，据说创始于前清嘉庆十二年，即公元一八零七年，已经有一百五十年的历史了。据他们印发的说明，与《越谚》稍有不同，或者更可信凭，亦未可知。其“过程”一节原文云：“绍兴乡村农家，每于农历年底自舂年糕，备来年农忙时期作田间点心之用，然总觉食时有加糖蒸煮之麻烦，后渐有以粉及糖火炙烘焙者，盖利用糖受炙后黏性作用而成香糕之雏形也，简便不烦，乃为广播。香糕俗称糕干，实取义于上述情形，其后陆续改进，色香味遂臻上乘。加以前清举行科举，浙东一带应试赴考者，均以香糕为途中之点，香糕受当时知识阶级传播，名闻益远，踪迹及于京畿，故亦有‘进京香糕’之称。”

“进京香糕”的名称，从文义上看来，的确以“孟大茂”之说为长，因为这是举人们带了进京，供路上的食用，与酒的称“京庄”不同。又说这是从年糕改良出来的，也很可能，即使它不是纯粹属于农民的东西，至少也总是点心中最大众化的一种。过去的老百姓看望亲戚，照例要带点礼品去，最普通的乃是“糕干包”，较好的是“蛋卷包”，每斤不过几十文钱罢了。

讲到绍兴的糕干，又使我想起杨村糕干来了。以前在北京常有小店专门卖这食品的，它的制法与绍兴大概总是一路，只是味道并不怎么好，所以不很去请教它，但是它的大众化的特色与绍兴香糕是一致的。又在杨村糕干店里多售代乳糕，或者那糕干即可用以哺儿也未可知。绍兴的香糕，特别是黄色的一种，大人嚼了哺给小儿，往往可以代乳，它以前在乡间大量销行，这大约也是一个主要原因。

选自 1956 年 12 月 20 日《工人日报》

周作人

闲话毛笋

看见报刊上写少数民族生活的文章，觉得很有意思，特别是在西南方面住在寨子里的，似乎比西北住在穹庐里更有趣味。我于这两方面都没有去过，所以不知道实在情形，但是推想起来，寨子内外应该富有竹木，这便使生长南方的我感觉亲近。小时候读一篇《黄冈竹楼记》，文句全然不记得了，但这竹楼的影子却一向追逐着我，心里十分向往，及至后来看见写傣家生活的文章里也有竹楼，便又勾起我的联想来。即使这竹楼是底下养猪，上面住人也罢，也并不妨事，因为这种竹木的构造是我觉得喜欢的。现实的竹楼与古文里的黄冈竹楼或者距离得颇远，也未可知，但是总之是用竹子所做的，那么近地一定也多竹木禽虫，不像是一带的草地沙丘吧。并且因了竹子，便联想到各式的笋，这便是我写这文章的原因，俗语云，花不如团子，这是普遍的情形，原不独小孩子是这样的。

我在北京一直连续住了四十多年，中间没有回到南方去过，异乡的生活已经习惯了，但是时常还记忆起故乡的吃食来，觉得不能忘记，这大半是北方所没有的，虽然近来交通发达，飞机朝发晚至，不过只做不到可以寄递方物。主要的是食品里的笋，其次是煮熟的四角大菱，果子里的杨梅。清宗室遐龄著《醉梦录》卷上，《记莫疯子》中有云：“莫切崖元英行七，浙江山阴县人也，其人古貌古心，不修边幅，见人辄跪拜不已，虽仆役亦然，以此人皆以莫疯子呼之。（案：切崖盖是谐称，即“七爷”二字之转。）然其学问渊博，凡医卜星相堪舆之术，以及诗古文词，无不通晓，尤精于医，多不循古方，寓京师已三十余年矣。诗不多作，曾记其一联云‘五月杨梅三月笋，为何人不住山阴’，其不克还乡之苦况，已露于言表。”

莫疯子的两句诗很能表现住在北方的越人的心情，李越缦的文章中也时常出现，如尺牍里及《城西老屋赋》也有提到。鲁迅在《朝花夕拾》小引里说得好：“我有一时，曾经屡次忆起儿时在故乡所吃的蔬果……都是极其鲜美可口的，都曾是使我思乡的蛊惑。后来我在久别之后尝到了，也不过如此，唯独在记忆上，还有旧来的意味留存。它们也许要骗我一生，使我时时反顾。”

现在且不谈杨梅的事，只就笋来说一说吧。说起笋来，本来没有像杨梅的那样特别，北京人听到杨梅，一定以为就是覆盆子似的那种草莓，若是笋便不一样了，他们近来吃到冬笋，而且晒干的玉兰片则是向来就有的。不过这里要说的乃是新鲜的笋——

毛笋，而这鲜笋与新杨梅一样，却是经不起转手的东西。冬笋和鞭笋还好一点，可以走点远路，若是毛笋、淡笋之类请它坐飞机也不行，它们就是从头不宜出行的，你若是要请教它，只有移樽就教的一个法子。

要说是怎么样的好吃法，那也是一言难尽，其实凡是五官的感受都是如此，借助于语言文字之末，是不大靠得住的。但是那直接的办法既是不可能，那么只好仍用间接的比喻的说法，好像禅宗和尚因人家问涧水深浅，觉得最好的方法是将那人推下水去，就会明白，但是对方对和尚说不定疑心要害命，所以结果还只得用问答对付。我说毛笋好吃，不会把事情闹得那么严重，可是人家如说我的话不能了解，那么只得引用王阳明的诗句“哑子吃苦瓜”作解嘲，结果便是哑人作通事，白费气力，也正是没有法子的事呢。

我觉得中国的大寺院里做的素菜，的确是很好的。我没有机会到这种清净地方去吃过饭，有过什么经验，只是一回在故乡的长庆寺里看见和尚们吃，有过这种经验。和尚们在吃饭之先念过一通经，才开始吃，在他们面前是一碗萝卜炖豆腐，觉得实在不错。当时虽然没得到口，但是在家吃过，所以知道，不过觉得在寺里所做的一定还更要好吃罢了。这种菜的好处特别是在萝卜里，因为它有一种甜味，容我们来掉一句书袋，这便是所谓“肥甘”，孟子说“为肥甘不足于口欤”那个“肥甘”。笋的好处也正是因为有这种甘味。

中国古来文人多赞美笋，苏东坡便是杰出的一个，所谓参玉版禅的典故知道的很多，已经有点陈年了，而且也不能怎么说出笋的特色来，我在这里只想说毛笋的肥甘好吃，决不下于至今以东坡得名的猪肉。毛笋生得极大，报上有个净慈寺山门外的照片，其竹之伟大殊可惊人，平常毛笋之稍大的辄有一二十斤重，切开来煮可以称作玉版，不过我所说的乃是盐煮毛笋，当作玉版看未免不大莹洁罢了。毛笋切大块，用盐或酱油煮熟，吃时有一种新鲜甜美的味道，这是山人田夫所能享受之美味，不是口厌刍豢的人所能了解的。

毛笋之外还有淡笋，乃是淡竹的笋，似乎是单薄一点。笑话书里说有南人请北人吃饭，菜中有笋，客问是何物，主人答说是竹，客回家煮其床箦良久不烂，遂怨南人见欺。这里所说的似乎是指淡笋，因为若是毛笋当不能分辨是竹了。毛笋亦作猫笋，不知何者为正，今姑且写作“毛”字，因为觉得从“猫”字没有什么根据。

选自 1964 年 7 月 14 日《新晚报》

城市味道

严独鹤

沪上酒食肆之比较

余为狼虎会员之一，当然有老餐资格，而又久居沪滨，则于本埠各酒食肆，当然时时光顾。兹者《红杂志》增设“社会调查录”一栏，方在搜求材料，余因于大嚼之余，根据舌部总司令报告，拉杂书之，以实斯栏。值此春酒宴宾之际，或可供作东道主之参考。然而口之于味，未必同嗜，余所论列，亦殊不能视为月旦之评也。

沪上酒馆，昔时只有苏馆（苏馆大率为宁波人所开设，亦可称宁波馆，然与状元楼等专门宁波馆，又自不同）、京馆、广东馆、镇江馆四种。自光复以后，伟人、政客、遗老，杂居斯土，饕餮之风，因而大盛。旧有之酒馆，殊不足餍若辈之食欲，于是闽馆、川馆，乃应运而兴。今者闽菜、川菜，势力日益膨胀，且夺京苏各菜之席矣。若就吾个人之食性，为概括的论调，则似以川菜为最佳，而闽菜次之，京菜又次之。苏菜、镇江菜，失之平凡，不能出色。广东菜只能小吃，宵夜一客，鸭粥一碗，于深夜苦饥时偶一尝之，亦觉别有风味，至于整桌之筵席，殊不敢恭维。特在广东人食之，又未尝不大呼顶刮刮也。故菜之优劣，必以派别论，或欠平允。宜就一派之中，比较其高下，庶几有当。试再分别论之。

（甲）川菜馆

沪上川馆之开路先锋为醉沤，菜甚美而价奇昂。在民国元、二年间，宴客者非在醉沤不足称阔人。然醉沤卒以菜价过昂之故，不能吸引普通吃客，因而营业不振，遂以闭歇。继其后者，有都益处、陶乐春、美丽川菜馆、消闲别墅、大雅楼诸家。都益处发祥之地，在三马路（似在三马路广西路转角处，已不能确忆矣）。其初只楼面一间，专售小吃，烹调之美，冠绝一时，因是而生涯大盛。后又由一间楼面扩充至三间。越年余，迁入小花园，而场面始大。有院落一方，夏间售露天座，座客常满，亦各酒馆所未有也。然论其菜，则已不如在三马路时矣。陶乐春在川馆中资格亦老，颇宜于小吃。美丽之菜，有时精美绝伦，有时亦未见佳处。大约有熟人请客，可占便宜；如遇生客，则平平而已。消闲别墅，实今日川馆中之最佳者，所做菜皆别出心裁，味亦甚美，奶油冬瓜一味，尤脍炙人口。大雅楼先为镇江馆，嗣以折阅改组，乃易为川菜馆，菜尚佳。

（乙）闽菜馆

闽菜馆比较上视川菜馆为多，且颇有不出名之小馆子，为吾侪所不及知者。就其最著者言之，则为小有天、别有天、中有天、受有天、福禄馆诸家。大概“有天”二字，可谓闽菜中之特别商标。闽菜馆中，若论资格，自以小有天为最老，声誉亦最广。清道人在日，有“天天小有天”之诗句。宴集之场，于斯为盛。若论菜味，固自不恶，然亦未必能遽执闽菜馆之牛耳。别有天在小花园，地位颇佳，近虽已改租，由维扬人主其中，然其肴馔，仍是闽版。闻经理者为小有天之旧分子，借此别树一帜，则别有天之牌号，可谓名副其实矣。至于菜味，殊不亚于小有天，而价似较廉，八元一席之菜即颇丰美。中有天设于北四川路宝兴路口，而去年新开者，在闽菜馆中，可谓后进，地位亦颇偏仄，然营业甚佳，小有天颇受其影响。其原因由于侨沪日人，多嗜闽菜，小有天之座上客，几无日不有木屐儿郎。自中有天开设以后，此辈以地点关系，不必舍近就远（北四川路一带日侨最多），于是前辈先生之小有天，遂有一部分东洋主顾为中有天无形中夺去。余寓处距中有天最近，时常领教，觉菜殊不差，价亦颇廉。梅兰芳来沪，曾光顾中有天一次，见诸各小报。于是中有天之名，始渐为一般人所注意，足见梅王魔力之大也。受有天在爱而近路，门面一间，地方湫隘，只宜小酌，然菜亦尚佳。福禄馆在西门外，门面简陋，规模仄小，几如徽州面馆。但所用厨子，实善于做菜，自两元一桌之和菜，以至十余元一桌之筵席，皆甚精美。附近居人，趋之若鹜。此区区小馆，将来之发达，可预卜焉。余既谈闽菜馆，尤有一事，不能不为研究饮食者告。则以入闽菜馆，宜吃整桌，十余元者，八九元者，经酒馆中一定之配置，无论如何，大致不差。即小而至于两三元下席之便菜，亦均可吃。若零点则往往价昂而不得好菜，尝应友人之招，饮于小有天。主人略点五六味，皆非贵品，味亦不佳。而席中算账，竟在八元以上，不啻吃一整桌，论菜则不如整桌远甚。故余劝人入闽馆勿吃零点菜，实为经验之谈。凡属老吃客，当不以余言为谬也。

（丙）京馆

沪上京馆，其著名者为雅叙园、同兴楼、悦宾楼、会宾楼诸家。雅叙园开设最早，今尚得以老资格吸引部分之老主顾。第论其营业，则其余各家，均以后来居上矣。小吃以悦宾楼为最佳。整桌酒菜，则推同兴楼为价廉物美。而生涯之盛，亦以此两家为最。华灯初上，裙屐偕来，后至者往往有向隅之憾。会宾楼为伶界之势力范围，伶人宴客，十九必在会宾楼，酒菜亦甚佳。特宴客者若非伶人而为生客，即不免减色耳。

（丁）苏馆

苏馆之最著名者为二马路之太和园，五马路之复兴园，法大马路之鸿运楼，平望街之福兴园。苏馆之优点，在筵席之定价较廉，而地位宽敞。故人家有喜庆事或大举宴客至数十席者，多乐就之。若真以“吃”字为前提，则苏馆中之菜，可谓千篇一律，平淡无奇，殊不为吃客所喜。必欲加以比较，则复兴园似最胜，太和园平平，鸿运楼有时尚佳，有时甚劣。去年馆中同人叙餐，曾集于鸿运楼，定十元一桌，而酒菜多不满人意，甚至荤盆中之火腿，俱含臭味，大类徽馆中货色，尤为荒谬。福兴园于苏馆中为后起，菜亦未见佳处。顾余虽不甚喜食苏馆中酒菜，而亦有不能不加以赞美者，则以鱼翅一味，实以苏馆中之烹调为最合法，最入味，决无怒发冲冠之象。此则为其余各派酒馆所不及也。（济群曰：独鹤所论，似偏于北市。以余所知，则南市尚有大码头之大醽楼，十六铺之大吉楼，所制诸菜，味尚不恶。）

（戊）镇江馆

镇江馆之根据地，多在三马路。老半斋、新半斋，望衡对宇，可称工力悉敌。其余凡称为某某居者，亦多为镇江酒馆，特规模终不如半斋之大耳。镇江馆菜宜于小吃，肴蹄干丝，别饶风味，面点尤佳。迄今各镇江馆，无不兼售早点，可谓善用其长。唯堂倌之习气，实以镇江馆为最深。十有八九，都是一副尴尬面孔，令人不耐。然座中客如能操这块拉块之方言，与之应答，则伺应亦较生客为稍优云。（济群曰：余亦颇嗜镇江馆肴肉包子之风味。顾以堂老爷面目之可憎，辄望而却步，今阅独鹤此篇，足征镇江馆堂倌之冷遇顾客，乃其能事。且肴肉等价亦甚昂。然则吾辈，花钱购食，原在果腹，何必定赴镇江馆，受若辈仆厮之傲慢耶！）

（己）广东馆

广东馆有大小之分：小者几于无处不有，而以北四川路及虹口一带为最多，大抵皆是宵夜及五角一客之公司大菜肴，实无记载之价值。大者为杏花楼、粤商大酒楼、东亚、大东、会儿楼诸家，比较的尚以杏花楼资格为最老，菜亦最佳。其余各家，则皆鲁卫之政，无从辨其优劣。盖广东菜有一大病，即可看而不可吃。论看则色彩颇佳，论吃则无论何菜，只有一种味道，令人食之不生快感。即粤人盛称美品之信丰鸡，亦只觉其嫩而已，未见有何特别鲜味，此盖烹调之未得其法也。除以上所述诸家外，尚有广东路之竹生居，大新街之大新楼，南京路之宴庆楼等，则皆广东馆而介乎大小之间者，可列为中等。余则自郐以下，无足论矣。但北四川路崇明路转角处，有一广东馆，名味雅，规模不大，而屡闻友朋称道，谓其酒菜至佳，实在各广东馆之上。余未尝光顾，不敢以耳食之谈，据为定论，暇当前往一试也。

除上列各派之酒馆外，又有一品香之中国菜，则实脱胎于番菜，而又博采众派之长者，故不能指定为何派，大可称为番菜式的中国菜。此种番菜式的中国菜，强半出自任矜苹君之特定，味有特佳者，亦有平常者，不敢谓式式俱佳，唯其色彩则至为漂亮，菜之名称亦甚新颖。有松坡牛肉者，为猪肚中实牛肉，几于每餐必具，云为蔡松坡之吃法，故有是名，可与东坡肉及李鸿章杂碎并为美谈矣。闻尚有咖啡汤烧鸡蛋一种，不知定何名称，可谓特别之至。任君支配一切，煞费苦心，此大胆书生之小说点将录，所以拟之为铁扇子宋清也。（宁波同乡会之菜，颇似一品香，不知亦为任君所支配否，任亦同乡会之职员也。）一品香、大东、东亚三家固为旅馆而并营酒菜业者，顾其余各大旅馆，亦皆有大厨房，兼办宴席。旅馆中之菜，以振华为最佳，八元以上整桌，其丰美实在各苏菜馆之上；即两元之和菜，亦甚可口，为其他各旅馆所不及。麦家圈之惠中，能做苏州船菜，然味殊平常，未见特色。

酒馆、旅馆以外，尚有包办筵席之厨子，亦不乏能手，以余所知，城中陶银楼实为最佳，其次则为马荣记。陶所做菜，皆能别出心裁，异常精致，且浓淡酸咸，各有真味，至足令人叹美，唯烧鱼翅着腻过多，亦一缺点。马荣记之烹调方法，颇近于一品香，而味似转胜。舍陶马之外，则厨子虽多，皆碌碌无足称述。沪宁铁路同人会中，有一刘厨子，自号为闽派，余于路局员司中，颇多戚友，刘厨子之菜，平日亦常领教，觉得偶制数簋，味尚不恶。乃有一次某君宴客，由刘厨子承办，定酒菜为十二元一席，而所上各菜，直令人不能下箸，盖论味固咸淡失宜，论色尤令人望而生畏，不论何菜，俱作深黑色，汤尤污浊。每一菜至，座客皆不吃而笑，主人翁乃窘不可言，于此足见用厨子之不易也。

吾前所举自甲至己六种，实犹未足以尽沪上酒馆之派别，盖舍此六者外尚有回教馆（以五马路之顺源馆及大新街之春华楼为最著名，菜亦尚佳）、徽馆（沪上徽馆最多，皆以面点为主，而兼营酒菜，就目前各家比较之，以四马路之民乐园及昼锦里之同庆园为稍胜，同庆园之鸡丝片儿汤味颇佳）、南京馆（南京馆与教门馆颇似同属一系者，前春申楼即为南京馆中之最著名者，春申楼之烧鸭，肥美绝伦，为各家所未有）、天津馆（天津馆前有致美斋，生涯颇盛，今则凡属天津馆，皆一间门面之小馆子，无复有场面阔大者矣）等，顾其势力，实较薄弱，只可目为附庸之国，不足与诸大邦争霸也。吾以上所记，随派别不同，可统名之曰荤菜系。顾沪上之酒食肆，除荤菜系外，尚有两大系，曰番菜系，曰素菜系，试更论列之如次。

（一）番菜系

番菜系中，又可析而为二：一，真正番菜；二，中菜式的番菜。大抵各西洋旅馆中之番菜，皆为真正番菜；而市上所设之番菜馆，则皆中菜式的番菜也。论华人口味，对于真正番菜，皆不甚欢迎，宁取中外杂糅之菜，故此种中菜式的番菜，其势力乃独盛。真正番菜中，以沧州旅馆之菜为最佳，礼查次之，余则均嫌其淡薄，且冬日苦寒，犹往往具冷食，更为华人所不惯。至华人所设之番菜馆，则以四马路之倚虹楼、大观楼为较胜，余如一枝香、岭南楼等则皆卖老牌子而已。倚虹楼前在北四川路，以价廉物美著称于时，一元之公司大菜，可具菜六道，且必佐以布丁及罐头水果。布丁之制法极新奇，名目繁多，都非常见之品。自迁四马路后，价稍昂而菜亦稍逊矣，然较诸其他各番菜，似尚高出一筹。侍者之酬应宾客，亦以倚虹楼为最周到。东亚、大东、一品香，虽皆以番菜著，然不过卖一场面，论菜殊不见佳，一品香尤逊。忆某次宴集，菜仅五味，而猪排居其二，座客连啖猪肉，皆称奇不置，故余常谓一品香之番菜，乃远不如其中菜也。

（二）素菜系

沪上素菜馆，向只有三马路之禅悦斋、菜馨楼，皆不见佳，自功德林出，乃于素菜馆中开一新纪元。盖功德林主人欧阳君，礼佛茹素，而又精于烹调，因自出心裁，制为种种精美之素菜。闻今日功德林之厨子，皆亲受欧阳君之训练者，故功德林之菜，如草菇茶及蒸素鹅等数味，实为其他各素菜馆所远不能及者也。然论功德林之性质，实可称为贵族式的素菜馆，每席菜非至十数元殆不可吃，若六元八元之菜，则真食之无味矣，即十数元一席之菜，或亦须研究人的问题。余尝赴欧阳君之宴，席间诸菜，无

不鲜美绝伦，顾后此复偕友人宴于功德林，菜价为十四元一席，不可谓菲，而菜殊平平，远逊于主人请客时矣。至论各庙宇中之素菜，则以福田庵为最佳，净土庵（在宝山路）曩时甚好，今已渐不如前，若西门关帝庙之菜，直令人大喝酱油汤而已。

余论沪上酒馆，可于此告一终结，酒馆以外，尚有饭店、酒店、点心店三种。大马路与二马路间之饭店弄堂，为饭店之大本营，两正兴馆彼此对峙，互争为老，其实亦如袜店之宏茂昌、酱肉店之陆稿荐，究不知孰为老牌也。饭店之门面座位，皆至隘陋，至污浊，顾论菜亦有独擅胜场处，大抵偏于浓厚，秃肺炒圈子，实为此中道地货。闻道人在日每至正兴馆，可独啖秃肺九盆，天台山农之量，亦可五盆，余亦嗜秃肺，但于圈子（即猪肠）则不敢染指。顾施济群君，能大啖圈子，至于无数，殊令人惊服（济群对于正兴馆锡以嘉名曰“六国饭店”，亦颇有趣）。酒店之优劣，余实无品评之资格，盖醉乡佳趣，非余所能领略也（但比较的似南市王恒豫之酒，视北市诸家为佳，因其酒味最醇）。点心店以五芳斋为最佳，先得楼之羊肉面亦自具美味，特余不嗜羊肉，未见其妙耳。

济群曰：独鹤记上海各酒食肆历历如数家珍，真不愧为狼虎会员哉。

选自 1923 年《红杂志》第 33—35 期

玉君

东粤食谱

粤东地处海滨，其民生起居，胥异中土，即一盘之蔬，一盂之羹，都有令人不可思议者。故人李君，新自粤东某局来，为余述如下，爰录之以告我同人之饕餮者。

粤东地热土湿，蛇虫滋生，是以粤民喜啖蛇，较之中土之人见蛇即惊者，不可同日语矣。食者即市购蛇，剥其皮，腹有胆二，一毒一味美，毒者不可食，味美者食之可明目也。煮蛇法，以刀斩蛇成段，和鸡肉煮，半日即熟，其汤最鲜。

粤人喜食猫，法将一猫置铁罐中，以沸水自盖孔注入，猫经沸水大痛，极力翻抓，皮毛俱脱，乃取出割之，或炙或烹，肉嫩过兔。

人知蛙味之美，而不知蛙腹中之二肝，其美更有甚于蛙者。粤人每于药铺中购得干蛙数只，剖其腹得二肝，肝干且黑，切成骰子大小，浸水中，越一小时，便涨大如果子，色白如玉，和肉加糖煮之，味胜鸡胃。

狗肉之香且嫩，尽人知之矣，顾食之不得其法，即失真味。粤人喜食狗肉，法以狗一闭室中，以棒迎头痛击之，狗即昏绝，乃缚诸柱上，以沸水浇之，然后去其毛，剥其皮，砍其首，剖其腹，弃其脏腑，以其身切成块烧之，其腿则叉置火上，且炙且以香油及香料抹之，逾半小时，即香气四溢。乘热啖之，虽云南宣腿无以易也。

有肉笋者，粤人大菜也，非大宴会不用。法新一鸡，洗净之，悬诸空处，越十日取下，则鸡身已腐，满体生微虫。取其微虫，另用鲜鸡汤蒸食之，味之鲜美，非可想象。

粤人食鱼虾，法异他方，每生吃之。李君尝与人浴于海滩，捕得活虾，即去其首而吞之，谓颇甘嫩。鱼则都生切成片，渍甜酱，且渍且食，不觉腥臭。

粤人食雀之法，颇与内地乞丐食鸡之法相同。每食雀，不去毛，不破腹，但以湿泥涂之，使难挣脱，投诸火中约半旬钟，取出掷地上，毛随泥落，盛诸盘中，加料食之，味颇香美。

我未闻食蝉者，顾粤人食之，得味外味。法以蝉置火上烘之，蝉死即食，香脆异常。或将蝉数十个，以黄豆塞其腹中，加糖酱烹之，须臾腹便膨胀，味亦佳。

粤人亦喜食蜂子，每于巢中捕得未成蜂之幼虫，即生吃之，味极甜。

选自 1925 年《电友》第 4 期

郁达夫

饮食男女在福州

福州的食品，向来很为外省人所赏识，前十余年在北平，说起私家的厨子，我们总同声一致地赞成刘崧生先生和林宗孟先生家里的蔬菜的可口。当时宣武门外的忠信堂正在流行，而这忠信堂的主人，就系旧日刘家的厨子，曾经做过清室的御厨房的。上海的小有天以及现在早已歇业了的消闲别墅，在粤菜还没有征服上海之先，也曾盛行过一时。面食里的伊府面，听说还是汀州伊墨卿太守的创作；太守住扬州日久，与袁子才也时相往来，可惜他没有像随园老人那么的好事，留下一本食谱来，教给我们以烹调之法；否则，这一个福建萨伐郎（Savarin）的荣誉，也早就可以驰名海外了。

福建菜的所以会这样著名，而实际上却也实在是丰盛不过的原因，第一，当然是由于天然物产的富足。福建全省，东南并海，西北多山，所以山珍海味，一例的都贱如泥沙。听说沿海的居民，不必忧虑饥饿，大海潮回，只消上海滨去走走，就可以拾一篮海货来充作食品。又加以地气温暖，土质腴厚，森林蔬菜，随处都可以培植，随时都可以采撷。一年四季，笋类菜类，常是不断；野菜的味道，吃起来又比别处的来得鲜甜。福建既有了这样丰富的天产，再加上以在外省各地游宦营商者的数目的众多，作料采从本地，烹制学自外方，五味调和，百珍并列，于是乎闽菜之名，就喧传在饕餮家的口上了。清初周亮工著的《闽小纪》两卷，记述食品处独多，按理原也是应该的。

福州海味，在春三二月间，最流行而最肥美的，要算来自长乐的蚌肉，与海滨一带多有的蛎房。《闽小纪》里所说的西施舌，不知是否指蚌肉而言；色白而腴，味脆且鲜，以鸡汤煮得适宜，长圆的蚌肉，实在是色香味俱佳的神品。听说从前有一位海军当局者，老母病剧，颇思乡味，远在千里外，欲得一蚌肉，以解死前一刻的渴慕，部长纯孝，就以飞机运蚌肉至都。从这一件轶事看来，也可想见这蚌肉的风味了。我这一回赶上福州，正及蚌肉上市的时候，所以红烧白煮，吃尽了几百个蚌，总算也是此生的豪举，特笔记此，聊志口福。

蛎房并不是福州独有的特产，但福建的蛎房，却比江浙沿海一带所产的，特别的肥嫩清洁。正二三月间，沿路的摊头店里，到处都堆满着这淡蓝色的水包肉；价钱的廉，味道的鲜，比到东坡在岭南所贪食的蚝，当然只会得超过。可惜苏公不曾到闽海去谪居，否则，阳羡之田，可以不买，苏氏子孙，或将永寓在三山二塔之下，也说不定。福州人叫蛎房作“地衣”，略带“挨”字的尾声，写起字来，我想只有“蚳”字，可以当得。

在清初的时候，江瑶柱似乎还没有现在那么的通行，所以周亮工再三地称道，誉为逸品。在目下的福州，江瑶柱却并没有人提起了，鱼翅席上，缺少不得的，倒是一种类似宁波横脚蟹的蟹，福州人叫作“新恩”，《闽小纪》里所说的虎蟳，大约就是此物。据福州人说，蟳肉最滋补，也最容易消化，所以产妇、病人以及体弱的人，往往爱吃。但由对蟹类素无好感的我看来，却仍赞成周亮工之言，终觉得质粗味劣，远不及蚌与蛎房或香螺的来得干脆。

福州海味的种类，除上述的三种以外，原也很多很多；但是别地方也有，我们平常在上海也常常吃得到的东西，记下来也没有什么价值，所以不说。至于与海错相对的山珍哩，却更是可以干制，可以输出的东西，益发地没有记述的必要了，所以在这里只想说一说叫作肉燕的那一种奇异的包皮。

初到福州，打从大街小巷里走过，看见好些店家，都有一个大砧头摆在店中，一两位壮强的男子，拿了木锥，只在对着砧上的一大块猪肉，一下一下地死劲地敲。把猪肉这样的乱敲乱打，究竟算怎么回事？我每次看见，总觉得奇怪；后来向福州的朋友一打听，才知道这就是制肉燕的原料了。所谓肉燕者，就是将猪肉打得粉烂，和入面粉，然后再制成皮子，如包馄饨的外皮一样，用以来包制菜蔬的东西。听说这物事在福建，也只是福州独有的特产。

福州食品的味道，大抵重糖；有几家真正福州馆子里烧出来的鸡鸭四件，简直是同蜜饯的罐头一样，不杂入一粒盐花。因此福州人的牙齿，十人九坏。有一次去看三赛乐的闽剧，看见台上演戏的人，个个都是满口金黄；回头更向左右的观众一看，妇女的嘴里也大半镶着全副的金色牙齿。于是天黄黄，地黄黄，弄得我这一向就痛恨金牙齿的偏执狂者，几乎想放声大哭，以为福州人故意在和我捣乱。

将这些脱嫌糖重的食味除起，若论到酒，则福州的那一种土黄酒，也还勉强可以喝得。周亮工所记的玉带春、梨花白、蓝家酒、碧霞酒、莲须白、河清、双夹、西施红、状元红等，我都不曾喝过，所以不敢品评。只有会城各处在卖的鸡老（酪）酒，颜色却和绍酒一样的红似琥珀，味道略苦，喝多了觉得头痛。听说这是以一生鸡，悬之酒中，等鸡肉鸡骨都化了后，然后开坛饮用的酒，自然也是越陈越好。

福州酒店外面，都写“酒库”两字，发卖叫发扛，也是新奇得很的名称。以红糟酿的甜酒，味道有点像上海的甜白酒，不过颜色桃红，当是西施红等名目出处的由来。莆田的荔枝酒，颜色深红带黑，味甘甜如西班牙的宝德红葡萄，虽则名贵，但我却终不喜欢。福州一般宴客，喝的总还是绍兴花雕，价钱极贵，斤量又不足，而酒味也淡似沪杭各地，我觉得建庄终究不及京庄。

福州的水果花木，终年不断，橙柑、福橘、佛手、荔枝、龙眼、甘蔗、香蕉，以及茉莉、兰花、橄榄等等，都是全国闻名的品物。好事者且各有谱牒之著，我在这里，自然可以不说。

闽茶半出武夷，就是不是武夷之产，也往往借这名山为号召。铁罗汉、铁观音的两种，为茶中柳下惠，非红非绿，略带赭色；酒醉之后，喝它三杯两盏，头脑倒真能清醒一下。其他若龙团、玉乳，大约名目总也不少，我不恋茶娇，终是俗客，深恐品评失当，贻笑大方，在这里只好轻轻放过。

从《闽小纪》中的记载看来，番薯似乎还是福建人开始从南洋运来的代食品；其后因种植的便利，食味的甘美，就流传到内地去了。这植物传播到中国来的时代，只在三百年前，是明末清初的时候，因亮工所记如此，不晓得究竟是否确实。不过福建的米麦，向来就说不足，现在也须仰给于外省或台湾，但田稻倒又可以一年两植。而福州正式的酒席，大抵总不吃饭散场，因为菜太丰盛了，吃到后来，总已个个饱满，用不着再以饭颗来充腹之故。

饮食外的有名处所，城内为树春园、南轩、河上酒家、可然亭等，味和小吃，亦佳且廉；仓前的鸭面，南门兜的素菜与牛肉馆，鼓楼西的水饺子铺，都是各有长处的小吃处，久吃了自然不对，偶尔去一试，倒也别有风味。城外在南台的西菜馆，有嘉宾、西宴台、法大、西来，以及前临闽江、内设戏台的广聚楼等；洪山桥畔的义心楼，以吃形同比目鱼的贴沙鱼著名；仓前山的快乐林，以吃小盘西洋菜见称，这些当然又是菜馆中的别调。至如我所寄寓的青年会食堂，地方精洁宽广，中西菜也可以吃吃，只是不同耶稣的飨宴十二门徒一样，不许顾客醉饮葡萄酒浆，所以正式请客，大感不便。

此外则福建特有的温泉浴场，如汤门外的百合、福龙泉，飞机场的乐天泉等，也备有饮馔供客；浴客往往在这些浴场里可以鬼混一天，不必出外去买酒买食，却也便利。从前听说更可以在个人池内男女同浴，则饮食男女，就不必分求，一举竟可以两得了。

要说福州的女子，先得说一说福建的人种。大约福建土著的最初老百姓，为南洋近边的海岛人种；所以面貌习俗，与日本的九州一带，有点相像。其后汉族南下，与这些土人杂婚，就成了无诸种族，系在春秋战国，吴越争霸之后。到得唐朝，大兵入境，相传当时曾杀尽了福建的男子，只留下女人，以配光身的兵士；故而直至现在，福州人还呼丈夫为“唐晡人”，晡者系日暮袭来的意思，同时女人的“诸娘仔”之名，也出来了。还有现在东门外北门外的许多工女农妇，头上仍带着三把银刀似的簪为发饰，俗称她们作三把刀，据说犹是当时的遗制。因为她们的父亲、丈夫、儿子，都被外来的征服者杀了；她们誓死不肯从敌，故而时时带着三把刀在身边，预备复仇。只今台湾的福建籍妓女，听说也是一样；亡国到了现在，也已经有好多年了，而她们却仍不肯与日本的嫖客同宿。若有人破此旧习，而与日本嫖客同宿一宵者，同人中就视作禽兽，耻不与伍，这又是多么悲壮的一幕惨剧！谁说犹唱后庭花处，商女都不知家国的兴亡哩！试看汉奸到处卖国，而妓女乃不肯辱身，其间相去，又岂止泾渭的不同？这一种古代的人种，与唐人杂婚之后，一部分不完全唐化，仍保留着他们固有的生活习惯、宗教仪式的，就是现在仍旧退居在北门外万山深处的畲民。此外的一族，以水上为家，明清以后，一向被视为贱民，不时受汉人的蹂躏的，相传其祖先系蒙古人，自元亡后，遂贬为疍户，俗呼科蹄。科蹄实为曲蹄之别音，因他们常常曲膝盘坐在船舱之内，两脚弯曲，故有此称。串通倭寇，骚扰沿海一带的居民，古时在泉州叫作泉郎的，就是这一种人种的旁支。

因为福州人种的血统，有这种种的沿革，所以福建人的面貌，和一般中原的汉族，有点两样。大致广额深眼，鼻子与颧骨高突，两颊深陷成窝，下额部也稍稍尖凸向前。这一种面相，生在男人的身上，倒也并不觉得特别；但一生在女人的身上，高突部为嫩白的皮肉所调和，看起来却个个都线条刻画分明，像是希腊古代的雕塑人形了。福州女人的另一特点，是在她们的皮色的细白。生长在深闺中的宦家小姐，不见天日，白腻原也应该；最奇怪的，却是那些住在城外的工农佣妇，也一例地有着那种嫩白微红，像刚施过脂粉似的皮肤。大约日夕灌溉的温泉浴是一种关系，吃的闽江江水，总也是一种关系。

我们从前没有居住过福建，心目中总只以为福建人种，是一种蛮族。后来到了那里，和他们的文化一接触，才晓得他们虽则开化得较迟，但进步得却很快；又因为东南是海港的关系，中西文化的交流，也比中原僻地为频繁，所以闽南的有些都市，简直繁华摩登得可以同上海来争甲乙。及至观察稍深，一移目到了福州的女性，更觉得她们的美的水准，比苏杭的女子要高好几倍；而装饰的入时，身体的康健，比到苏州的小型女子，又得高强数倍都不止。

“天生丽质难自弃”，表露欲，装饰欲，原是女性的特嗜；而福州女子所有的这一种显示本能，似乎比什么地方的人还要强一点。因而天晴气爽，或岁时伏腊，有迎神赛会的关头，南大街、仓前山一带，完全是美妇人披露的画廊。眼睛个个是灵敏深黑的，鼻梁个个是细长高突的，皮肤个个是柔嫩雪白的；此外还要加上以最摩登的衣饰，与来自巴黎、纽约的化妆品的香雾与红霞，你说这幅福州晴天午后的全景，美丽不美丽，迷人不迷人？

亦唯因此之故，所以也影响到了社会，影响到了风俗。国民经济破产，是全国到处都一样的事实；而这些妇女们，又大半是不生产的中流以下的阶级。衣食不足，礼义廉耻之凋伤，原是自然的结果，故而在福州住不上几月，就时时有暗娼流行的风说，传到耳边上来。都市集中人口以后，这实在也是一种不可避免而急待解决的社会大问题。

说及了娼妓，自然不得不说一说福州的官娼。从前邵武诗人张亨甫，曾著过一部《南浦秋波录》，是专记南台一带的烟花韵事的；现在世业凋零，景气全落，这些乐户人家，完全没有旧日的豪奢影子了。福州最上流的官娼，叫作白面处，是同上海的长三一样的款式。听几位久住福州的朋友说，白面处近来门可罗雀，早已掉在没落的深渊里了；其次还勉强在维持市面的，是以卖嘴不卖身为标榜的清唱堂，无论何人，只须花三元法币，就能进去听三出戏。就是这一时号称极盛的清唱堂，现在也一家一家地废了业，只剩了田墩的三五家人家。自此以下，则完全是惨无人道的下等娼妓，与野鸡款式的无名密贩了，数目之多，求售之切，到了骇人听闻的地步。至于城内的暗娼、包月妇、零售处之类，只听见公安维持者等谈起过几次，报纸上见到过许多回，内容虽则无从调查，但演绎起来，旁证以社会的萧条，产业的不振，国步的艰难，与夫人口的过剩，总也不难举一反三，晓得她们的大概。

总之，福州的饮食男女，虽比别处稍觉得奢侈，而福州的社会状态，比别处也并不见得十分的堕落。说到两性的纵弛，人欲的横流，则与风土气候有关，次热带的境内，自然要比温带、寒带为剧烈。而食品的丰富，女子一般姣美与健康，却是我们不曾到过福建的人所意想不到的发见。

一九三六年六月二日

选自 1936 年《逸经》第 9 期

知否

谈到北京的小吃

要说起吃来，总还得让着北京人。或曰四川馆子菜好，或曰广东馆子好，其实它们不能代表本地的特色，不过是新奇别致而已。至于滋味方面更不敢说了。作个譬方吧，北京人做的家常爆羊肉，烙的家常饼，大概外省外地的人多半能吃得了，并且或者多半喜欢吃。若是广东的美食“龙虎门”（蛇与猫的肉）或是山西人喜食的自造醋，或是各样奇怪的菜，美是美极了，可不敢说像北京人的吃食那么普遍地受欢迎！其实却也有个原因，北京为有清三百多年的帝皇之都，会集了各地的贵宦显爵、巨商大贾，再加上光拿粮不做事的王亲国戚，整天价没事，不是讲究玩，就是讲究吃，一直相沿下来，于是各种吃物和吃法都有因做得特别拿手的而出名。像“都一处”的炸三角、烧卖，“耳朵眼”（西单会仙居，现已拆除，只有后门了）的炸灌肠，会仙居（鲜鱼口的会仙居）的炒肝，致美斋的馄饨、萝卜丝饼、焖炉烧饼以及中秋月饼，金家楼（王皮胡同口）的烫面饺，砂锅居的烧碟儿，穆家寨的炒疙瘩，南孝顺胡同某号之金丝蜜糕（即山楂糕，惜忘其铺名，以品糕著），门框胡同之豌豆黄，信远斋之蜜饯果脯及酸梅汤，天声斋（前外梯子胡同口）之蜂糕，桂兴斋（菜市口桂兴斋，其鸡油饼较正明斋尤美）之鸡油饼，再有同兴堂（该饭庄自以鸡鸭汤或白汤闻名，唯不外卖，其味自是美极）之熟疙瘩。至于“天源”之酱菜、“天福”之酱肘子、门框胡同南口之酱牛肉、户部街月盛斋之酱羊肉、什刹海的莲子粥，那早是大家所知道的了。不过也有许多名不副实的，像馅饼周并不是以馅饼出名，凡是羊肉馆的馅饼都不错，不过它的掌柜是以推车子卖馅饼起家而已；再有板厂胡同的“饺子王”也是以卖水饺发迹的，并不是水饺出名；东来顺也不是以煮鸡而出名，正是以鸡面摊子发的财，这都是以讹传讹的，外省人不要被哄了。

以上所提出的几处，就着嘴边的写出来，不过九牛一毛而已，有很多处是知道地方而没法写出名字的。总之，仅就小吃方面已是可观了，至于饭庄饭馆之独有出名之菜等等，不在本文之内，有暇再论。还有许多没有铺面的吃食。北京街上小贩的独有的吆喝声音，真是千奇百怪，外省人初到北京，什么吆喝声音也听不出来。就是北京人，东城的到西城去，也听不懂吆喝的是什么。只有看了他的道具，或是凭着记忆才能知道。由清晨到夜晚，凡是一个交通不算杂烦的胡同，每时都会有小贩吆喝而过。各式各样的吃食，大约分起来，上午多是属于点心，午后多属于零食。清晨起来，首先听到的是各种叫卖梆子互相呼应。有的卖豆浆，有的卖杏仁茶，有的卖粳米粥，有的卖烧饼，有的卖麻花。大街上二三流的小饭铺都有在铺外卖炒肝和包子、烧饼（山西馆子有大肉火烧，山东馆子有肉馒首）。此外还有炸油饼、切糕、炸糕什么的。于是卖茶汤的、卖面茶的、卖豆腐脑儿的陆续地过来，近午的时候，卖牛肉的推着车子，吆喝："还有二斤哪！"

吃过午饭卖零吃的多起来。打锣卖豌豆糕的，蒸青豆的，吹糖人的，卖蚕豆、豆面糕的，卖层儿糕（以模子蒸）的；春天卖江米藕的，夏天卖凉粉儿、扒糕的，秋冬卖果子干、豌豆粥的，卖糖葫芦的，不用说吃，看着担子那份干净漂亮就让人想吃，尤其像黏糕、豆渣糕、蜂糕。冬天的炸货，做得干净极了。在这下午三四点钟的时候，午饭吃得早的人若是觉得饿了，街上足有得吃的。冬天的烤白薯，初夏的五鲜儿，再有炸三角；推车卖烫面饺的、卖馄饨的、卖炸丸子豆腐的、卖老豆腐的、卖炸糖麻花的、卖大麦米粥的（早晨卖粳米粥，到下午就卖大麦米粥）、卖豆汁的、卖灌肠的、卖面茶的、卖羊肚子的（其实是羊双肠）、卖卤煮小肠的。卤煮小肠不比家做的炖下水及馆子的苏造肉油腻，现在要算广和楼内的干净，既不临街招土，佐料也好，吃着管保比什刹海的苏造肉香美和不腻。卖熏鱼、炸面筋的，卖酱牛肉或驴肉的，由立秋一直卖到转年四月的羊头肉等等。其中有许多属于夜宵的，像卖馄饨，卖炸丸子、炸豆腐，卖熏鱼的，都卖一夜；再有卖豆渣糕，卖豆沙包，卖酪的，都在傍晚的时候出来。尤其冬天夜里卖水萝卜、卖元宵的、卖酥糖的、卖糖葫芦的、卖瓜子的，一声一声地吆喝，有时过日子忘了时候，听见一声“桂花的——元宵——”真能起一身鸡皮疙瘩。午夜睡觉，一声“硬面——饽饽！”加上夜风嘶，一两下击柝声，听了会使人兴起一阵莫名的感叹。打夜牌、吸大烟的人，或是看完夜戏、电影归来，不必愁饿，一碗馄饨或炸豆腐，来两块硬面饽饽一吃，肚里舒服极了。要是爱吃零食的人，而一天里卖吃食的那么多，简直肚子里没有吃饭的余地。

此外，像卖爆肚儿的只是摆摊，下街的很少。羊肚子虽是好吃，除家中做的以外，总嫌外头卖得不干净。从前金家楼的旁边，王皮胡同东口外洼子爆肚出名。现在除去上馆子外，天桥“南来顺”旁边的“石爸儿”还很干净。再有卖煮鸡面馅饼的很多，大半是附属于羊肉铺（刀前刀后便可做馅子），此犹之站在二三流馆子之外卖包子与褡裢火烧，亦不过是打发肉头子、筋头皮脑的一种出路。

以上拉杂写来，不成东西。不过因为今天雨夜，门外寂寞之极，忽忆及昔日旧居胡同中热闹的情况。每逢雨天，车夫王二和厨子老李总在门过道和卖鸭子、糖麻花的抽笺子，我和二哥时常去凑热闹，一时故景全非，凄然有感，就着所想到的零吃小贩，信笔写出。

选自 1940 年《三六九画报》第 3 期

张亦庵

食在广州乎？食在广州也！

有一篇短文，谈及“食在广州”的问题，说广东菜不但烹调得法，而且色香味三者俱全。他指出了广东菜的优点和缺点，论优点，可以占全世界第一位，缺点是少变化。此外又列举了许多地方的菜色而为上海所能吃得到的。结论是“与其说食在广州，毋宁说食在上海”。

因此知道这位先生是老饕中人，否则安得如此精详细到？

在食论食，鄙人以为该文所论，尚颇有点值得商量之处。“食在广州”这句话里所指的“食”，我以为不一定专指菜肴而言，应该连一切可食之品都包括在内，菜肴仅居食道之一而已。

食之品，可大别为二：一为天然的，一为人工的。而菜肴只是人工的食品之一品，未足以概括所有食品。人工的食品，除了菜肴之外，尚有点心、糕饼、蜜饯、糖果，以及其他杂食之类。

啊！说到了这些，不由我不想起广州燕塘外沙河那里的沙河粉，荔枝湾的艇仔粥（上海虽亦有以艇仔粥之名目出卖，但迥非此物），九龙城的馄饨面（港九阔人往往乘好几块钱的汽车去吃一碗馄饨的），广州各大茶居特约“三姑”手指的薄皮粉果，河南成珠的小凤饼，佛山的盲公饼（断非所谓高桥松饼之流所能望其项背），沙湾的炖奶露，又如广州所制萝卜糕、芋头糕（上海制者尚可差强人意），济隆、万隆所制的干湿蜜饯糖姜（这两家所制的糖姜，远销欧美，现在上海有粤人所设之新万隆者，不制糖姜，而专销广东方法制造的广东乳腐），广茂香之咸脆花生，十七铺一带的蜜饯番薯干、草果（即是陈皮梅的远祖前身）、麦芽糖。这些东西，绝非他处所有，有亦远不能及。这些食品，大都不必以色取悦于人，而香味之美，则无以复加。

至于天然出产之食品，在果品中则荔枝固已名闻世界。上海虽亦有广东运来的荔枝买得到，然而品斯下矣。不知荔枝之中，种类亦甚繁，最佳者为糯米糍，肉厚、汁富，而核小得像绿豆红豆；桂味亦佳品；次为黑叶，为槐枝，为大肉荷包。上海所能购得者，多是低级趣味的大肉荷包之类，盖佳品产量不多，未能供应运出外埠。至于增城挂绿，则为无上上品，不唯笔者未经寓目，即老于广州者亦未必人人能吃过。据闻增城仅有二树为此种。皮壳鲜红，而络以绿丝一线，其色其香其味，迥异凡品。帝制时代，每年结实，由地方官择其优者若干枚，专驿入贡。可怜当时尚没有飞机，所以皇帝得尝此果，已在“一日色变，二日香变，三日味变”之后了。

此外，如石硖之龙眼（即桂圆）、白糖甜黄皮，花埭之杨桃、番石榴等皆极可口。至于上海人所习见熟知的香蕉、甘蔗，在广州只当作最寻常的贱品。莲藕、荸荠之类，则只合拿放在小菜中充当起码的配角，绝对不能当作水果而登大雅之堂。

广州菜肴之腴美，蒸制得法，固其一因，而得天之厚，也是一个重要的条件。同是一只鸡，除了烹调方法不算，其天然的肉味，广东所产的鸡总比别处的好。上海的浦东鸡已算有点资格，然而比之信丰鸡依然望尘莫及。鸡如是，猪亦如是，甚至田鸡亦莫不如是。由此看来，可见得不只关乎烹制，而饲养方法亦有关系了。菜蔬中的白花芥，爽脆清嫩，也是绝品，这又关于土壤、气候与培植之得宜了。

在上海而吃广州的食品，似乎尚有点隔靴搔痒。未曾到过广州者，真不容易体会得到“食在广州”的一个“在”字的奥蕴。

以天产而论，固然各地都各有其名产，如洞庭山之白沙枇杷，奉化的玉露水蜜桃，天津的良乡栗，天津、烟台的苹果、葡萄、对虾，浙东一带的蚶子，阳澄湖的毛蟹。这些东西，断非广州所能有，即如雪里蕻一味，到了广州，也成为席上珍品。醉蟹一只，其价值在广州约等于一鸡。以烹调的方法而言，各地也各有其特殊出色的技巧，如炒鳝糊一味，如糟鸡，如酱肉，则断非广州厨师所能办得好。不过以天时、地利、人和（鼎鼐调和之和）三者合并而论之，则确实不能不让广州为独步。

话得说回来，目下我们正在忙着轧油轧糖之不暇，户口米尚不足以充饥，正应该共苦而尚未到同甘的时候，说了这一番谈饮谈食的废话，未免有点身在十字街头，遥想象牙之塔之感。画饼望梅，徒然令人气沮。因为读了某先生的几句话，使我觉得如鲠在喉，吐之为快耳，不敢作美食主义之提倡也。

选自 1943 年《新都周刊》第 2 期

识因

夏季北京的家常菜

偶然忆起北京唱莲花落的曲子有云："要吃饭，家常饭；要穿衣，粗布衣。"此两语至可玩味，盖绚烂者易引人，而不能持久，平淡者少刺激性，日日伴之，不觉其妙，一旦隔离未有不怅然者矣。

凡少年荒唐之浪子，大梦一醒，一定唱出"野花不如家花香"的论调，亦即此意也。旅居故都已久，生活习惯几与之同化，觉得古城中酒楼饭庄以"春"名者多至十数，反不如家中厨子所做的菜饭可口，长夏无俚把笔记之，聊与南中戚友共作"故都春梦"耳。

北京的规矩，普通人家饭食都是早顿面食，晚上吃饭。到了夏季，面食除了面条、饼、包子、馒头、蒸饺子、煮饺子、盒子、馅饼以外，又添上一样"糊塌子"，就是把西葫芦、黄瓜或青倭瓜擦成丝儿，和面糊，打上两三个鸡蛋，和好，在铛上塌成小茶碟大的饼，蘸姜醋吃，外焦里软，很是不错。可是烙的时候厨子站在灶旁一烤，真是受罪。

吃面条除了家里有生日或红白棚里，大概没有什么人吃油腻滚烫的“打卤”，或是其热非常的“川卤”。普通是用的芝麻酱、炸酱油、烧茄子或烧羊肉拌面，很细的“把儿条”，用凉水一过，用芝麻酱、芥末、老醋一拌，再加上切细的黄瓜丝、芹菜丝的面码，又酸又辣，吃到嘴里冷冷的，真叫清爽。炸酱油又叫“炸汁子”，用好酱油，加上羊肉丝或虾子炸好，用它拌面；烧茄子用大虾米或猪肉红烧茄子，加上毛豆，放宽汁水来拌面；由街上羊肉床子上买来烧羊肉或羊脖子，多要汤，也照样可以下面吃。

夏天饺子就不大吃煮的了，大概都要改成烫面蒸饺。馅子大概是西葫芦、冬瓜、扁豆、茄子、倭瓜为最多，羊肉冬瓜或羊肉西葫芦最普通。晚饭的时候，家家都熬菜豆汤，用豆汤泡饭，就着咸鸡蛋、咸鸭蛋或是清酱肉，不再做旁的菜就吃饱了。

家里、饭馆里都有荷叶粥，可是家里荷叶粥只用荷叶盖在锅上，热气一蒸，粥自然变成黄绿色，有荷叶香；馆子里是用小锅熬荷叶水兑上去，颜色深，也许有点苦，不如家里的好。

家常饭菜不过是在茄子、冬瓜、毛豆、扁豆、秦椒、黄瓜、蓓蓝这几样上想法子。茄子有荤素好多种做法，从新年以后菜市场上就有洞子货的茄子出卖，不过有包子那么大，不是普通人家吃得起。五月节以后茄子不贵了，大家才能吃，荤的素的有好多样吃法，红烧茄子是把茄子切成片，用油炸过，用肥瘦适中的猪肉切成片，放宽汁水，加上团粉，把茄子片加入烧好，加口蘑丁和青毛豆或嫩豇豆为配料，颜色鲜明，颇能引人食欲，北海仿膳最出名的就是烧茄子。有人不用猪肉，改用大虾米，也很好。再有一个法子就是“蘸茄子”，把茄子削去外皮，切成二三分厚的片儿，用刀划上些横竖的纹，用油炸过，把肥猪肉剁碎了，用酱油和好，一层肉一层茄片夹杂放在大海碗里，在火上蒸烂，味儿浓厚，颇为下饭，只是好淡素的人不很欢迎。其他做法如把茄子切成丝，用羊肉丝炒成，做好加老醋、胡椒末，叫“炒假鳝鱼丝”。再有把茄子切成斜方块，用砂锅，不加油，只用盐水加黄豆煮成，叫作“清酱茄”。炝茄丝加韭菜，叫“老虎茄”。还有一法是把茄子切片，夹上和好剁碎的猪肉或羊肉，用面糊一裹炸好，就叫“炸茄饺”。有时茄片切得厚了，炸不透，吃到嘴里，觉有生茄子味，不大好吃。用大海茄放在灶口一烧，烧熟了，剥去外皮，里面已经烂了，加上芝麻酱一拌，或加黄瓜丝或加熟毛豆，拌好凉吃，叫“拌茄泥”，淡素宜人，最为可口，真是夏季的好家常菜。

冬瓜最大的用处是做馅儿吃，其次用小冬瓜蒸冬瓜盅，或冬瓜鸡，家常的吃法就是羊肉氽冬瓜汤，羊肉用好酱油煨好，最后下肉，做成以后汤鲜肉嫩，加上老醋、胡椒，是夏天最鲜的汤。

毛豆除了肉丝炒毛豆外，没有别的吃法，就是“毛豆丸子”，把生毛豆和羊肉剁成碎末儿，混合拌好，加上面粉，做成丸子，放汤氽毛豆丸子，汤也很鲜。更有一法把生毛豆用小石磨磨成浆，加上花椒油熬熟，叫“小豆腐”，这是乡下传到北京的吃法，平常人家不大爱吃。

夏天遇见连阴天的日子，出不了门，想喝两杯酒，遇阴天，没有别的下酒，把毛豆用花椒盐水一煮，放凉了，一手端杯，一手拈豆，一人独酌固好，两三知心且谈且饮也好。若是手摸空盘，豆子已尽，或是瓶罄杯干，酒兴未阑，望瓶生叹，惆怅不已。此中意趣决非大方肉、大碗酒者所能梦见，亦非列鼎而食者所堪告语。或谓毛豆下酒不免寒乞相，岂其然乎？

选自 1944 年《古今》第 49 期

魏修

粤港澳饮食篇

俗语说：“食在广州。”这话可说具有一百万分的真实性，广东饮食足可称得上一声“价廉物美”。如若不信，则请静听俺把在香港、广州和澳门之地之饮食经历一一道来。

民国廿七年间，在香港，每逢星期日，必往酒家饮茶一番，为新纪元、大同、金龙等处之老主顾。一壶茶资一角钱，点心有五分一碟、一角一碟、一角半一碟等。最贵的是一个鸡批四角钱，而此鸡批长约八寸，阔约三寸半，厚则亦有三寸半，统计其内有约一寸立方之嫩鸡七块，大小冬菇合有十只半之多，笋粒、虾仁则不计其数。此“批”足够一人果腹之用。烧乳猪一盆四角钱，猪皮烧得松脆异常，风味极佳。荷叶饭一包，其量足有大饭碗一满碗，内有鸡粒、笋粒、冬菇粒、干贝、虾仁等材料，售价也不过才二角钱。各式点心我尤爱名为“叶仔”者，此点心外是碧绿的叶子，用竹签穿好，里面是糯米粉皮，椰丝或鲜虾鸡肉馅的团子一只，一对装一碟，售价才五个仙而已。饱餐一顿一个人所费亦不过一元半左右。

晚餐每喜至湾仔之东方餐室吃咖喱饭，咖喱饭一角半一大盆，肉饭各半，即使食量兼人，亦足够果腹，售价之贱尤其余事，而调味之美者，真有余味绕舌，三日不消之慨。

湾仔有街名“馔食”——意即嘴馋——者，整条街摆满各式各样之食摊，其售价之贱无与伦比，而其调味之佳有甚于大酒家者，惜乎顾客皆为跣足袒胸之流，当时因年轻胆小，故未敢一尝。广州，在陶陶居左近有一酒家，已忘其店名，此酒家唯一之特点就是只售鱼类菜肴，别的肉食一概没有。他们把鱼的各部分烹调出各种不同味儿的佳肴，虽是整桌筵席，也不会有捉襟见肘现象。

文园，是广州之贵族酒家，建筑得非常雅致，房室居群树花丛之中，推窗望去，一片花草亭榭，美景如画。该店菜肴调味之佳，亦可谓首屈一指。且有侍女如云，个个如穿花蝴蝶般往来于筵席之间，添加“雅”兴不浅。不过售价亦较他店为高。

与友人某闲步街头，时已中午，遂步入一小酒家，先两人各来冰淇淋沙打一杯，再各来汽水一瓶，继之开始饮茶。所吃点心之碟，积有十四只之多，再点三只菜一碗汤，二碗虾仁炒饭，饭后再各来西瓜一客。此次两人之食量诚足惊人，但其售价一共才银毫三元六角多，只好吃十分之一只大饼呢！

澳门的吃食不及香港与广州之价廉物美，但是喝洋酒倒是最便宜的。红酒，二角一杯，芹酒、白兰地、威士忌、薄荷酒，每杯各售四角钱，各式鸡尾酒亦不过自六角至八角一杯。故在澳门时每天晚上必至中央饭店楼下酒吧畅饮一番。与今上海洋酒论万一瓶、论千一杯之售价，真是不可同日而语了。

选自 1945 年《小天地》第 5 期（原题《饮食篇》）

风味琐记

张恨水

风檐尝烤肉

有人吃过北平的松柴烤肉吗？现在街头上橙黄橘绿，菊花摊子四处摆着，尝过这异味的人，就会对北平悠然神往。

据传说，松柴烤牛肉，那才是真正的北方大陆风味，吃这种东西，不但是尝那个味，还要领略那个意境。你是个士大夫阶级，当然你无法去领略。就是我在北平作客的二十年，也是最后几年，变了方法去尝的，真正吃烤肉的功架，我也是“仆病未能”。那么，是怎么个情景呢？说出来你会好笑的。

任何一条马路上，有极宽的人行路，这路总在一丈开外，在不妨碍行人的屋檐下，有些地方，是可以摆着浮摊的。这卖烤牛肉的炉灶，就是放置在这种地方。无论这炉灶属于大馆子、小馆子或者饭摊儿，布置全是一样。一个高可三尺的圆炉灶，上面罩着一个铁棍罩子，北方人叫着甑（读如赠），将二三尺长的松树柴，塞到甑底下去烧。卖肉的人，将牛羊肉切成像牛皮纸那么薄，巴掌大一块（这就是艺术），用碟儿盛着，放在柜台或摊板上，当太阳黄黄儿的，斜临在街头，西北风在人头上瑟瑟吹过。松火柴在炉灶上吐着红焰，带了维绕的青烟，横过马路。在下风头远远地嗅到一种烤肉香，于是有这嗜好的人，就情不自禁地会走了过去，叫一声："掌柜的，来两碟！"这里炉子四周，围了四条矮板凳，可不是坐着的，你要坐着，是上洋车坐车踏板，算来上等车了。你走过去，可以将长袍儿大襟一撩，把右脚踏在凳子上。店伙自会把肉送来，放在炉子木架上。另外是一碟葱白，一碗料酒酱油的掺和物。木架上有竹竿做的长棍子，长约一尺五六。你夹起碟子里的肉，向酱油料酒里面一和弄，立刻送到铁甑的火焰上去烤烙。但别忘了放葱白，去掺和着，于是肉气味、葱气味、酱油酒气味、松烟气味，融合一处，铁烙罩上吱吱作响，筷子越翻弄越香。

你要是吃烧饼，店伙会给你送一碟火烧来。你要是喝酒，店伙给你送一只杯子，一个三寸高的小锡瓶儿来，那时你左脚站在地上，右脚踏在凳上，右手拿了长筷子在甑上烤肉，左手两指夹了锡瓶嘴儿，向木架子上杯子里斟白干，一筷子熟肉送到口，接着举杯抿上一口酒，那神气就大了。"虽南面王无以易也！"

趣味还不止此，一个甑，同时可以围了六七个人吃。大家全是过路人，谁也不认识谁。可是各人在甑上占一块小地盘烤肉，有个默契的君子协定，互不侵犯。各烤各的，各吃各的。偶然交上一句话："味儿不坏！"于是做个会心的微笑。吃饱了，人喝足了，在店堂里去喝碗小米稀饭，就着盐水疙瘩，或者要个天津萝卜啃，浓腻了之后再来个清淡，其味无穷。另有个笑话，不巧，烤肉时，站在下风头，炉子里松烟，可向脸上直扑，你得时时闪开，去揉擦眼泪水儿。可是一面揉眼睛，一面长筷子夹烤肉，也有的是，那就是趣味嘛！

这样说来，士大夫阶级，当然尝不到这滋味。不，顺直门里烤肉宛家的灰棚里，东安市场东来顺三层楼上，前门外正阳楼院子里，也可以烤肉吃。尤其是烤肉宛家，每到夕阳西下，喝小米稀饭的雅座里，可以搬出二三十件狐皮大衣，自然，那灰棚门口，停着许多漂亮汽车。唉！于今想来，是一场梦。

选自"两都赋"系列

（该系列1944年8月1日至1945年1月10日连载于重庆《新民报》）

张亦庵

烧腊

“烧腊”这两个字在广州语言中已成一个专门的名词，虽然名实上不见得很相副。

所语烧腊者，是指广东店所卖的那些新鲜烤制的肉类而言，如叉烧（这是连上海人也最为熟知的一种食品）、烧肉、烧鸭、白鸡等东西，出卖这些东西的那一部分称为“烧腊台”，一般是附设于杂货店店面的一角。这种广东式的杂货店，就是上海称为广东店的。

现在不只杂货店附设烧腊台，有好些酒菜馆也附设烧腊台了。烧腊台所卖的，实际上只有烧烤的和卤制的鲜货，而并无腊味。腊味，是另一些东西，而非烧腊台所有；也许有些烧腊台会附带出卖热腊肠，那只会是破格，而非正格。既无腊味，而名称则叫作烧腊，这也是一件莫可纠结的事。关于腊之所以为腊，留待另篇再谈。

上面所举的叉烧、烧鸭、白鸡，大概是烧腊台上的主要物品。虽然在许多烧腊台上尚有他品，但是上述的几种则至少必具有其一。其他诸品，可多可少，可有可无，那是烧鹅、蒸鸡、烧肠、烧排骨、烧肝、烧鸭脚包、卤水猪肚、猪肝、猪脚爪、猪心、猪头肉、猪耳朵，以至红烧牛肉等。烧鹅是有时间性的，要及时当令才有。扎跙者，剖开猪蹄之皮，去骨，实以肥瘦参中之层层肉片，裹而扎之以草，如原蹄状，然后烹制。食时切成薄片，精壮配合得宜，皮肉咸而独无骨，极为可口。烧肠则以肥瘦配合适量之肉，实肠衣中，调味而烧之，有桂花味，故又称桂花肠。烧鸭脚包，酒徒多尝之，且必须牙齿坚强方能应付。各色卤品，可以单独购买，亦可集合购买，总称曰卤味。若至烧腊台而谓之曰："购卤味若干。"则操刀者把台上所有各种卤味各切甚少，混成一起卖给你。

烧腊之优劣，质与文都要讲究。质是原料的本身，文是烧制的技法。以质而论，江南所畜的鸡不及岭南，但是上海的烧腊台不见得会由广东运牲畜到上海来供制烧腊，为方便起见，只好就地取材。至于鸭，则江淮所产，实胜过广东。广东产的鸭，似乎脂肪缺乏，不及江淮的肥美。叉烧以带有肥肉，烧得有点微焦者为最佳。不论何种烧烤，以技法而论，首重调味，次为火候。调味之酱料中，有所谓朱油者，略似酱油，味带甜，极稠浓，烧成后，鲜明润泽，有异香。烧腊之下品者，不常用。下等烧腊，往往涂以苏木水，色虽红而望之如染，没有润泽之气。炉火以洪烈为宜，最好是烤得刚熟而表面有点焦意。如果火力不足，慢慢焖熟的，香味便发挥不出来。刚出炉的与放过数小时的，其味有天壤之别，越新鲜越好也。

战事以前，叉烧十个铜板起码，烧肉则一毛，烧鸭两毛；现在非五六元以至十元不办。从前的一毛两毛烧腊，另给你一些酸黄瓜、酸荞头之类垫底，上面还有一撮芫荽以资点缀，现在连这些都省了。

陆稿荐与烧腊台有异曲同工之妙，不过我觉得两种作风之不同，很足以表现出江南人与岭南人不同气质。

选自 1943 年《新都周刊》第 19 期

甘贝

乳鸽

在下曾经胡乱写了一篇关于澳门的短文。我对于澳门的印象，无论天然的景色，人工的建筑，以及令人徘徊不忍遽去的南埔和巢阓等，约略都提到了，现在又想起当时吃到石岐乳鸽，觉得风味独绝，不愧为著名的出产。因而再拖上一个尾巴，以资“纪念”吧。

澳门和大陆接壤之处便是石岐，那时有公共汽车直驶内地，交通很为方便，这且不说。石岐的乳鸽确实肥嫩鲜腴，回味无穷。我们那天在一家叫作佛笑楼的菜馆，大嚼这一味名肴。这菜馆并不甚大，装饰布置，也颇陈旧，“其貌不扬”四字，倒可概括一切。只因取名“佛笑”，叫人一见之下，好像这家菜馆一定以“弥勒”为记的了，哪知踏进店堂，并未见着佛面，所谓佛笑也者，不知是何用意。现在想来，也许他们所烹制的乳鸽，实在美妙，当那小二端上桌子来的时候，香味直透鼻观，不由在兜率天的诸佛菩萨也要“笑”逐颜开吧！这好像修辞学中的夸张格，事实上是否如此，也就难以推考了。

由于这“佛笑”两字，倒又想起了好像在哪本书里见到有一个女人名叫“佛动心”的。意思这女子美貌出众，连佛看见了也要动心，至于尘世凡人那更不用说了。这和上面所说的佛笑，其意义正复相同哩。

这家佛笑楼的乳鸽，是用烤炙的方法烹制的，犹之铁排鸡，略带汁水，而细视之却并不是汤露。鸽子本身的鲜香质素，一切都包含在它本身之上，既未被榨，亦不外泄。故而即使鸽子的本身已过中年，或竟入老境时，有这样神妙的烹制技术，吃的人已经可以大快朵颐，何况这被烤炙的又是名副其实的乳鸽呢？

鸽子的吃法本有好几种，若以蒸、炒、烙、炖……八大类手法来处置，这一个拳样大小的乳鸽，至少就可以变成八种不同的口味。我们即使不讲专门的烹调技术，单以“家常便饭”式来说，那么五香鸽子这一味，差不多的家庭主妇总还弄得来。但是普通五香鸽子的味道，恐怕与红烧鸡或鸡骨酱就难以分别了。

烹煮时火候一过，一只活杀的鸽子（最简便的方法系用小钱的方孔扣在鸽子嘴上，如此便窒息而死），可以变成博物院中所藏的远年“鸽标”，谁还有本领去吃！反转来说，若是用急火生炒牛肉丝的方法来处理，那么鸽子虽然身材短小，究属是完整之躯，在锅子里尽管多打几个滚，一透即起，半生不熟，带血见腥，也是难以上得桌面。

那家佛笑楼的石岐乳鸽，形容起来却是色香味都好。看上透而不焦，实而不枯；切下来是一块完整的嫩肉，放进嘴里，舌头牙齿上下腭，稍微运动一下，肉粒已失其所在，只芬芳甘美的液汁，涂满了你的口腔；同时你的味神经立刻受到诱惑刺激，又自动地张开了嘴，手又把第二块乳鸽之肉，连着甘脆之皮，朝里边送。

朋友和我对坐做着这种节奏的动作，在二十分钟之内，四只乳鸽化为乌有，而成为我们两个至高的颂赞之点了。

选自 1943 年《新都周刊》第 23 期

周定宇

蒋雪舫火腿

金华为吾国腿业三大中心地之一。金华腿之产地，初不仅一县，凡旧金华府属之兰溪、东阳、永康、义乌、浦江等县，亦均有出产，而皆称为“金华腿”。且金华腿中，实以东阳产者为最佳，而东阳上蒋村所出之“蒋腿”则尤为著名。俗语所谓“金华火腿出东阳，东阳火腿出上蒋”者，盖纪实也。又该村所产之火腿，概括而言，皆可名之曰蒋腿，其实真正之蒋腿仅蒋雪舫一家而已，兹略述如下。

蒋雪舫火腿，已有百余年之历史。蒋雪舫乃系人名，以其所制之腿声誉昭著，故子孙遂沿用“雪舫”二字为商标，以资号召，子孙各房所出之腿坊，于“雪舫”二字之下另别加记，如厚记、正记、慎记等字号。

火腿品质，因猪种及制法之不同，而有差异，蒋腿之特质在于脚骨较长，腿皮与脂肪皆薄，而肉特厚；如剖而视之，则见精肉细致红润，肥肉透明如晶体，香味扑鼻。

蒋雪舫腌腿之技术：

（一）选择鲜腿：火腿之优劣，其重大关系，在于鲜腿之选择，其选择标准甚严，即皮不可太厚太粗，腿不宜太长，腿太大或太小均不宜，油不应太厚，腿骨太厚粗也所不宜。

（二）割膜洗油：先将腿上之薄油膜，用刀剔去，然后置于空气流通处，经过数小时之久，猪肉之表里皆已冷透，即用盐腌，而平放于腿架，并于二三日或一二日间，逐只翻身一次。如是经过三腌之后，一星期内，可取出试味之咸淡，于清水中洗之，乃用刀修理腿形，使臻一律，然后曝于日光之下五六日，即可悬挂屋檐下通风处，经六阅月空气与风之侵袭，及第二次曝晒、精修，制腿工作始完成。

（三）腌腿时令：腌腿以十月下半月至十二月底为最佳，味淡而香浓，不蛀不坏。至用盐则应视气候温度之高低而定次数与多少，大约气候愈热，则加盐之分量愈多，时间之间歇愈短，否则反是。唯此点并无具体规定，仅凭制腿者之经验决定之；而腿之色香味如何，关键也即在此。

选自 1944 年《紫罗兰》第 17 期

张恨水

担担面

西北角人，对名词喜叠用，碗曰碗碗，桷曰桷桷，盆曰盆盆。四川虽较南，而此习相通。故担担面者，此叠字无关，以国语评之，即担儿面也。担担面约有两种，无论川人与否，皆嗜之：其一，沿街叫卖者，担前为炉与铁罐（吊子），担后则一柜，屜中分储面与抄手（馄饨）。上置瓶碟若干，满盛佐料酱醋。佐料多切成细末之物，外省人乃不能举其名。另以一小篾挂担头，置生菜于其中。每煮面熟，辄以沸水泡生菜一份加面上。所有佐料，胥加 小撮，而椒姜尤为不可少，其味鲜脆适口。吾人初至渝时，每碗仅费四五分耳。又其一，则为摊贩，或有案，或无案，就食者或立或坐，围担而食。面类较多，有炸酱（非如北方之炸酱，乃系以猪肉煮细末为浇头）、素条、红油、甜水之分。其味埋伏汤中，乃以猪骨煮成，啜之至美。此项担担面，例无市招，以地为名。衣冠楚楚之辈，联袂而往焉。成都人所嗜较渝尤甚。左捧碗，右执箸，人弯腰立坦地上，挑面食之吱吱然不以为怪。北平固好小吃，如此作风，殆鲜有也。

选自“山城回忆录”系列

（该系列连载于1947年北平《新民报》）

周作人

瓠子汤

夏天吃饭有一碗瓠子汤，倒是很素净而也鲜美可口的。在我们乡下这是本末如一的长条的瓜，俗语叫蒲子，谚语有云“冬瓜咬不着来咬蒲子”，这是说迁怒，也含有欺善怕恶的意思。

有一种圆形的，即是所谓瓠瓜，肉也可以吃，老了锯开取壳做瓢用，北方很多，在乡下却不曾见过。还有葫芦，即是铁拐李等人所拿的，叫作活卢蒲，嫩时可吃，与蒲子差不多，仿佛还要好一点。这在仙人手里常发毫光（也就只在图画上看见是那么样），大抵因为里边盛着仙丹之类的缘故，若是凡人有如看草料场的老军却只用以装酒，山乡的人买麻油、酱油多用长竹筒，想来即是同一道理，因为它不容易洒出来罢了。我吃过的活卢蒲也只是放汤，虽然据说还有别的吃法，如旧书所记，唐郑余庆召客会食，令左右告诉厨子，烂蒸去毛，莫拗折项，诸人相顾以为蒸鹅鸭之类，良久就餐，每人前下蒸葫芦一枚。

葫芦与瓠子的汤都很简单的，只是去皮切片，同笋干等物煮了加酱油而已，虽然瓠子也有红烧的，却似乎清味要稍减了。

每年在夏至那天照例要吃蒲丝饼，用瓠子切丝煮熟，加面粉、白糖和匀，入油中煎之，每片约如手掌大，是祭祖供品之一。小时候喜欢吃，同中元的南瓜饼一样，可是蒲丝的味道也吃不出，只是一种油炸的甜食罢了。

选自 1950 年 7 月 8 日《亦报》

周作人

暖锅

乡下冬天食桌上常用暖锅，普通家庭也不能每天都用，但有什么事情的时候，如祭祖及过年差不多一定使用的。一桌“十碗头”里面第一碗必是三鲜，用暖锅时便把这一种装入，大概主要的是鱼圆、肉饼子、海参，粉条、白菜垫底，外加鸡蛋糕和笋片。

别时候倒也罢了，阴历正月“拜坟岁”时实在最为必要，坐上两三小时的船，到了坟头在寒风上行了礼，回到船上来虽然饭和酒是热的，菜却是冰凉，中间摆上一个火锅，不但锅里的东西热气腾腾，各人还将扣肉、扣鸡以及底下的芋艿、金针菜之类都加了进去，“咕嘟”一会儿之后，变成一大锅大杂烩，又热又好吃，比平常一碗碗的单独吃要好得多。

乡下结婚，不问贫富照例要雇喜娘照料，浙东是由堕民的女人任其事，她们除报酬以外还有一种权利，便是将新房和客人一部分的剩余肴馔拿回家去。她们用一只红漆的水桶将馂余都倒在里边，每天家里有人来拿去，这叫作拼拢坳羹，名称不很好，但据说重煮一回来吃其味甚佳云。我没有机会吃过这东西，可是凭了暖锅的经验来说，上边的话，大概不全是假的。

选自1951年1月25日《亦报》

周作人

鲞冻肉

今年冬天北京天气不大冷，平常在一月中间总有两天要冷到零下十五六度，但今年最低只是十度而已。尤其特别的是门窗玻璃上不冻冰，不像每年那么一到早晨，便都变成了花玻璃，有时还冻成山水花草模样，等到火炉烧暖了，窗台上又流满了水，现在是拉开窗帘，干净清彻如平时一样。我想原来天气或者是如此的，每年有寒流过来，便那么大冷，今年不听说来，所以显得和暖。别处大概也都是这样，乡友从上海来信，说旧年想做“鲞冻肉”吃，就恐怕不冻，虽然不曾说明度数，可见是情形差不多了。

说到鲞冻肉，我们家里倒也想做，做了放在院子里的空水缸内，也不会不冻，可是今年不曾做得。鲞冻肉是乡下过年必备之品，《越谚》里说：“为过年下饭，通贫富有之，男女雇工贺年，必曰吃鲞冻肉饭去。”做法很是简单，只是白鲞切块，与猪肉同煮，重要的是冻了吃而不是吃现煮的。有钱人家加入鸡肉，名曰鸡鲞冻，其实可以不必，但如在上海用去皮猪肉来做，怕冻不好，那么加些翅皮进去是最好的方法，这只是鲨鱼的皮，大概不见得贵吧。

我们的鲞冻肉没有做成，原因是有肉无鲞，不知怎的在西城平常买南货的店铺里都找不到一片。白鲞虽是比勒鲞、王瓜头鲞要好一点，原是用黄鱼所晒，算不得什么奢侈物品，在推行物产交流的时候，正该多发出来，如今却是找它不着，是很可惜的事。（江瑶柱我们不需要，市上还是有的。）

选自 1952 年 2 月 5 日《亦报》

周作人

腌菜

在上海的乡友牛君旧年底写信来，内有一节云：“新腌腌菜，卤水淘饭，四岁小儿亦欢喜之，可见其鲜，如能加几只开洋，一定更好，可惜开洋贵得很，瑶柱要十六万一斤，越加买不起了。”

我们家里在冬季也腌了些菜，预备等到夏天吃“臭腌菜”，名臭而实香，生熟都好吃，可是经牛君一提，便忍不住先蒸了碗，而且搁上些“开洋”。北京的白菜本来是好的，所以显得比乡下的似乎更好。开洋大概指的是小的虾米，我们用的较大，在开洋与金钩之间，价目也较便宜，只要二千五百元一两，才比瑶柱四分之一罢了。

说到腌菜，觉得实在是很好的小菜，其用处之大在世间所谓霉干菜之上。它的缺点就是只适宜于吃米饭，面食便不很相宜。筵菜中还可以有干菜鸭，腌菜也仍然没有用场，可见这是纯民间的产物，是一点没有富贵气味的。若讲吃场的话，牛兄的小儿已为证明菜汤之鲜，再吃得考究一点，金黄的生腌菜细切拌麻油，或加姜丝，大段放汤，加上几片笋与金钩，这样便可以很爽口地吃下一顿饭了。只要厨房里有地方搁得下容积二十加仑的一只水缸，即可腌制，古人说是御冬，其实它的最大用处还是在于过夏，上边所说的也正是夏天晚饭的供应。我对于干菜有点不大恭维，但是酷热天气，用简单的干菜汤淘饭也是极好，决不亚于虾壳笋头汤的。

选自 1952 年 2 月 8 日《亦报》

别样嗜好

周作人

苋菜梗

近日从乡人处分得腌苋菜梗来吃，对于苋菜仿佛有一种旧雨之感。苋菜在南方是平民生活上几乎没有一天缺的东西，北方却似乎少有，虽然在北平近来也可以吃到嫩苋菜了。查《齐民要术》中便没有讲到，只在卷十列有“人苋”一条，引《尔雅》郭注，但这一卷所讲都是“五谷果瓜菜茹非中国物产者”；而《南史》中则常有此物出现，如《王智深传》云：“智深家贫无人事，尝饿五日不得食，掘苋根食之。”又《蔡樽附传》云：“樽在吴兴，不饮郡井，斋前自种白苋紫茄以为常饵，诏褒其清。”都是很好的例。

苋菜据《本草纲目》说共有五种，马齿苋在外。苏颂曰：“人苋、白苋俱大寒……其实一也，但大者为白苋，小者为人苋耳，其子霜后方熟，细而色黑。紫苋茎叶通紫，吴人用染爪者，诸苋中唯此无毒不寒。赤苋亦谓之花苋，茎叶深赤，根茎亦可糟藏，食之甚美味辛。五色苋今亦稀有，细苋俗谓之野苋，猪好食之，又名猪苋。”李时珍曰：“苋并三月撒种，六月以后不堪食，老则抽茎如人长，开细花成穗，穗中细子扁而光黑，与青葙子、鸡冠子无别，九月收之。”《尔雅·释草》：“蒉赤苋”，郭注云“今之苋赤茎者”，郝懿行疏乃云“今验赤苋茎叶纯紫，浓如燕支，根浅赤色，人家或种以饰园庭，不堪啖也”。照我们经验来说，嫩的紫苋固然可以瀹食，但是“糟藏”的却都用白苋，这原只是一乡的习俗，不过别处的我不知道，所以不能拿来比较了。

说到苋菜同时就不能不想到甲鱼。《学圃余疏》云：“苋有红白二种，素食者便之，肉食者忌与鳖共食。”《本草纲目》引张鼎曰：“不可与鳖同食，生鳖症，又取鳖肉如豆大，以苋菜封裹置土坑内，以土盖之，一宿尽变成小鳖也。”其下接联地引汪机曰：“此说屡试不验。”《群芳谱》采张氏的话稍加删改，而未云“即变小鳖”，之后却接写一句“试之屡验”，与原文比较来看未免有点滑稽。这种神异的物类感应，读了的人大抵觉得很是好奇，除了“雀入大水为蛤”之类无可着手外，总想怎么来试他一试，苋菜、鳖肉反正都是易得的材料，一经实验便自分出真假。虽然也有越试越糊涂的，如《酉阳杂俎》所记：“蝉未脱时名复育……秀才韦翾庄在杜曲，尝冬中掘树根，见复育附于朽处，怪之，村人言蝉固朽木所化也，翾因剖一视之，腹中犹实烂木。”这正如剖鸡胃中皆米粒，遂说鸡是白米所化也。苋菜与甲鱼同吃，在三十年前曾和一位族叔试过，现在族叔已将七十了，听说还健在，我也不曾肚痛，那么鳖症之说或者也可以归入不验之列了罢。

苋菜梗的制法须俟其“抽茎如人长”，肌肉充实的时候，去叶取梗，切作寸许长短，用盐腌藏瓦坛中；候发酵即成，生熟皆可食。平民几乎家家皆制，每食必备，与干菜、腌菜及螺蛳、霉豆腐、千张等为日用的副食物，苋菜梗卤中又可浸豆腐干，卤可蒸豆腐，味与“溜豆腐”（似同孙伏园笔下的“抑豆腐”——编选者注）相似，稍带枯涩，别有一种山野之趣。读外乡人游越的文章，大抵众口一词地讥笑土人之臭食，其实这是不足怪的，绍兴中等以下的人家大都能安贫贱，敝衣恶食，终岁勤劳，其所食者除米而外唯菜与盐，盖亦自然之势耳。干脆者有干菜，湿腌者以槐菜及苋菜梗为大宗， 年间的“下饭”差不多都在这里，《诗》云“我有旨蓄，可以御冬”，是之谓也，至于存且日久，干脆者别无问题，湿腌则难免气味变化，顾气味有变而亦别具风味，此亦是事实，原无须引西洋干酪为例者也。

《邵氏闻见录》云：“汪信民常言，人常咬得菜根则百事可做，胡康侯闻之击节叹赏。”俗语亦云：“布衣暖，菜根香，读书滋味长。”明洪应明遂作《菜根谭》以骈语述格言，《醉古堂剑扫》与《婆罗馆清言》亦均如此，可见此体之流行一时了。咬得菜根，吾乡的平民足以当之，所谓菜根者当然包括白菜芥菜头、萝葡芋艿之类，而苋菜梗亦附其下，至于苋根虽然救了王智深的一命，实在却无可吃，因为只是在梗的末端罢了，或者这里就是梗的别称也未可知。咬了菜根是否百事可做，我不能确说，但是我觉得这是颇有意义的，第一可以食贫，第二可以习苦，而实在却也有清淡的滋味，并没有蕺这样难吃，胆这样难尝。这个年头儿人们似乎应该学得略略吃得起苦才好。中国的青年有些太娇养了，大抵连冷东西都不会吃，水果、冰激淋除外，我真替他们忧虑，将来如何上得前敌，至于那粉泽不去手，和穿红里子的夹袍的更不必说了。其实我也并不激烈地想禁止跳舞或其他，我知道在乱世的生活中耽溺亦是其一，不满于现世社会制度而无从反抗，往往沉浸于醇酒妇人以解忧闷，与中山饿夫殊途而同归，后之人略迹原心，也不敢加以菲薄，不过这也只是近于豪杰之徒才可以，决不是我们凡人所得以援引的而已。

——喔，似乎离本题太远了，还是就此打住，有话改天换了题目再谈罢。

二十年十月二十六日，于北平

选自《看云集》，1932年10月，上海开明书店出版

果轩

北平的豆汁儿之类

一切生活趣味，都得慢慢地汲取，才能体会到那种异样的感觉。故听不惯京戏的人，只觉大锣大鼓震得耳聋；黑脸白脸，耀得眼花；但在两厢暗板，却仅有闭上眼睛，在那儿用两个手指敲板眼的人，听到会意处，忽然一声“好！”真会使人瞿然惊讶，而他却慢慢地啜起茶来了。这种事，在有着六七百年首都历史的北平，尤为普遍。故一些外方人，乍到此地，皆感到一种没落，麻木；但一住过半年以上，就有了种种脱不开的“瘾头儿”捆住你，使你又感到这真是一个各等人全能活得很舒适的大都会了。

喝“豆汁儿”也是这种“瘾”之一。午后，小胡同里就会听到卖“豆汁儿粥”的吆喝。这种人往往在午前卖油炸桧和烧饼。若说烧饼和油炸桧是早晨的点心，则豆汁儿恰当晚茶。中国人是不作兴与西洋人一般，有定时的点心和什么下午茶的。这等街头的担子，就是大众咖啡馆了。豆汁儿担子一端是一个下面有着火炉的锅，另一端则当作“饭台”。古色古香的兰花瓷筒插了二三十双竹筷，中央是一大盘红色辣椒丝拌的咸菜条，也有环状的油炸桧放在另外一只木匣里，五六只白小凳则悬置饭台四周，以备食客之用。豆汁者，磨绿豆成糊状物加水而煮之使熟也，其味入口极酸臭，如隔日米泔汁。我很想考一下这食物的起源，搜寻几册讲食物的书都没有。盖食谱膳单，都是大人先生们“郇厨”的成绩。此种只有洋车夫才是大主顾的东西，理当没有也。初到此地的人，真觉不敢问津，我甚至因此常骂北平人为猪，盖我乡只有猪才食米泔汁耳。首先发现它的好处的，是一位邻居的×太太。她每天午后必要令她的男孩到外面去端三大杯的，并且还得要上三片切得极薄的咸水芥（这是照例要赠送的）。起初我看了她笑，后来她总向我宣传，说这东西“清瘟去毒，散热通风”，从此我就注意起来。果然那矮矮的卖豆汁人一进胡同口，就被好多孩子以及劳苦同胞围得风雨不透，且有许多邻家穿了高跟鞋的小姐们也端了盆来，这就大大引起我的好奇心。终于有一天，妻端进一盆来，并一小碟辣咸菜。我见了那绿油油的汁液，就有点头痛，但辣椒又是我所喜吃，就闭着鼻子呷了几口，辣椒吃得太多，事后只觉口腔火烧而已。哪知第二天又买了，仍有辣椒咸菜，于是我又吃了些，这回就感到在臭味和酸味之余，有些清香，一如吃了王致和的臭豆腐。从此不到半月之久，一到太阳西沉，就要留心听那悠长的一声叫喊“酸——辣——豆汁儿粥咧！”后来连我那不满三周岁的小孩子也染了这嗜好，他常常拿一个铜板坐在那饭台下面的白色小凳上，同邻家一个女孩，吃得悠然有味。有时不去喝，必要磨着他娘，大闹一场的。

据《饮膳正要》、“本草”一类的书，绿豆是除烦热、和五脏、行经脉的甘寒之品。北方通常到夏天要吃绿豆糕，说是可以解暑。故豆汁虽不登大雅，却也不见得无裨卫生。北平的卫生局长方颐积先生还在报纸上发表过一篇豆汁与精制豆浆的比较，虽未承认此物有绝对滋补之效，但到底也没说它有害。只是说这东西没经“消毒”或者有不洁之弊。啊呀！我真怕所谓“消毒”二字。盖在中国所谓“消毒”者，即卖得要特别贵之谓也；若使豆汁亦经消毒，如清华园模范奶厂的牛奶之类，不是什么Hood氏的热蒸气法，便是什么双层纸罩的瓶子等等，怕也得用银色的牛奶车向大红色的门口里送，每月账单上要十几块了。拉车小子，更安能问津哉？

与豆汁同类的街头小吃，又有豆腐浆与杏仁茶，这都在清晨才有。豆腐浆即做豆腐时，豆腐凝结后所余之浆。杏仁茶则用杏仁粉和糯米粉、淀粉之类熬成。惯睡早觉的人常常在梦中就被这种小贩叫醒。担子总是那么简单，一头是“浆”，一头是“茶”，下面都有火炉，故其吆喝声为“杏仁儿茶来——豆腐浆——开嗳锅啊——”。一端锅盖上放一大盘晶洁的白糖，看了它一定会引起你的食欲的。若在冬日，一闻此声，开门外出，先

“哈”的一声呼出一口白色的水蒸气，以示天气之冷；用铜元五大枚买一盆杏仁茶，加糖，调好，缩颈而吸之，其悠然之味，真有为牛尾番茄汤的人们所不及知者。豆腐浆也加糖，且有一种较嫩的豆腐，搅碎在内，故亦别具风味，尤妙在其热得烫嘴，非口中作“吸吸溜溜”之声不能吞入，遂使冷冻之意全消。我顶喜欢那种在街口摆设固定摊头的杏仁茶，因其品质较好，且一旁必有一专炸“馃子”（油炸桧）的小贩，故可佐刚出油釜的热馃子而吸之，或将馃子夹入烧饼食之尤妙。北平人呼如此食法为“一套儿”。卖馃子的人总问你：“您夹几套儿？”即指此。烧饼亦分两种，一种用酵面加芝麻油做的，名曰“麻酱烧饼”；一种虽也用酵面做，中无油且层少，只有两面皮子，中则空空，此种名曰“马蹄儿”。以我之意，马蹄儿更好，因其中空易于夹放油炸桧之故。油炸桧，在北平往往指那种炸得焦酥的，其形细长，即南人所称油条也。若馃子则较粗，且不酥而有韧性，这种韧性吃起来格外有劲。我在上大学时顶喜欢吃西单牌楼白庙胡同口那一个摊头的烧饼和馃子，因为他做得极干净且极热也。前门大街珠宝市北口那个卖杏仁茶的贩子，生意极好。有时驻足于此，一面吃着“茶”，一面看着早晨起来就栖栖遑遑的芸芸众生，心里真说不出是怎么个味儿了。

卖小儿零吃物事者每天不知要有多少，以一种不四不六的糖担为最可厌。吹干了的面包，冒牌的朱古力糖，东洋劣质的橡胶玩具，另外还有抓彩设备，看起会让人“恶心杀”。大约中国人之糟，喜欢“不四不六”的皮毛也是原因之一。故有外面是洋楼门面而里面是暗无天日旧房的建筑，有不中不西的广告画，有西服裤而长袍的服装，此皆前述糖担子之流也。挑这种担子的人，也往往有些土头土脑的市侩气，与其营业一致，而光顾他的也就是一些不上不下的孩子。我到底是中国人，觉得“中国本位”有时是必要。有一种打小锣卖豌豆糕的零食贩我就感到有趣，一天，只有我和小孩子在家，外面小锣敲动，孩子就说：“卖鱼！卖鱼！”我很怪，只好说：“没有卖的！”但他仍是固执地闹，后来只好开门出去，我开玩笑问那小贩：“有鱼吗？”我想我一定要被讥笑了。谁知他却说：“有！”我倒怪起来，问他多少钱一条，他说只要一大枚呢。随即一面取下一个小凳，放下他的篮子，掀开手巾，我才看到里面是蒸熟的豌豆粉，他坐下，挖出一块粉，灵巧地捏成一个鱼，如果你喜欢呢，肚子里还可以放芝麻或糖的馅子，捏完，用旧梳子打上一些鱼鳞般的细痕，又用细竹枝在头部按了一个洼洞，将一小块粉嵌进去，就成了很生动的“龙睛鱼”了。我心中实不胜欣喜，觉得一个铜板会买这么多把戏看，就又叫他给捏一只兔子，孩子跳跳蹦蹦拿进门来，可惜不到一分钟，一尾鱼和一只兔子都进了他的食道了。

从此，我才知道街头有许多巧妙的艺人。

一次，又是孩子向我要求，说要吃“江米糕”。这又使我莫名所以了，还是他母亲告诉我外面就有卖的，也只要一大枚一块。我到外面一看，果然有一副担子，一端有个铜瓶一般的锅炉，那一端则仿佛馄饨担的盛面和馅子的二屉桌。这纯朴的小贩接了我的钱，用小勺盛了一下糯米粉，打开铜瓶上面的塞子，原来是一个有着小洞的蒸笼，不过只有瓶颈一般大小，瓶腹中则盛满沸水，下面也有火炉。他将一种梅花形的木型放在瓶颈上，把米粉倒入，盖了盖子，水蒸气立刻发出丝丝的细声，一分钟左右，他打开盖，那梅花式的粉糕已经熟了。他又撒上些糖，还放了两三条山楂丝，向一块纸上一倒，这滚烫的糕就在我手中了。我诧异他那繁杂的手续，但并不见有几个小孩子买他的糕吃，况即买也不过一两个铜板，然而这种艰难的生意，又如何来维持他那生活呢？

夜生活的象征者是馄饨担、炸豆腐担和硬面饽饽小贩。年节前后，更有桂花元宵。深夜，远远望到大街上豆样大的灯光，和水锅里蓬勃的白色蒸气，一个人幽手幽脚地走回家去，这真是一首不能写出的诗。据说这种夜食贩都是给赌徒预备的，或亦经验之论。卖硬面饽饽的叫卖声往往在三更左右，时常是我已睡醒一觉的时候。听了那幽厉的声音，不由得浮起一个寒碜老者瑟缩在风寒中的影像。有人说这种小贩专替人家抛弃私生子，只要将孩子缚置在门前，并附以相当报酬，他自会给你掩灭得无踪无迹。若然，则这种人是残忍的抑是慈善的，真不好说。

这古老的城池曾经过几度沧桑了，但这些微妙的人事却依然。而今我们又陷在极度苦痛的低气压下，想到什么胃活、太阳牌橡胶鞋、大学眼药之类布遍了全市，这些可怀念的而又极贫俭的食物，或者也要到了末日吗？……

一九三五年岁尾，写于城头号角呜呜之声中

选自1936年《宇宙风》第19期

汪仲贤

特别嗜好之食品

人生口味不同，各如其面，古人有嗜茄嗜瓜成癖者，这好像是皋陶之面如削瓜，帝舜、项羽之眼生重瞳，乃是一种畸形的现象。普通人的口味与阿猫阿狗的面孔一样，都是大同小异的。

山东人的面孔与广东人的显然有别，鲁菜与粤菜的口味也显然不同。广东小贩沿街叫卖的点心，是连汤带水的鱼皮馄饨，山东人卖的是风干石硬的烧饼、馒头。

上海深夜叫卖的有油水充足的虾仁馄饨。我在烟台见半夜在路上吆喝的食物小贩，买来尝试一下，乃是麦制薄饼和白煮鸡蛋，用快刀将整个鸡蛋削成薄片，再夹一支大葱，卷在饼内，沿路咀嚼。鸡蛋夹饼尚能效劳，大葱就吃不消了。

烟台尚有一种设摊发售的平民食品，也是我们意想不到的。原来是新鲜的海蜇，和以葱花，像上海夏季出售的凉粉那样吃法，我恐除了本地人以外，谁也不敢坐下去尝试。上海的大出丧排场中，有一种凸肚子的铜锣，名曰“兴旺”。我住在扬州旅馆里，被数十种高低不一的“兴旺”声扰得不能安睡，原来这是卖元宵的声音。夜里能购到的点心，也只有这一种。

出门旅行的饭食，要算苏州、无锡、常熟、杭州等处最好。今年我们到黄山去，山路尽是沙地，不堪种植，蔬菜皆需从数十里外运来，养鸡亦不易生长。我们在旅馆中吃饭，价钱很贵，菜只有碟子中间一点点，像小孩斋泥模一般。就是到寺院中去吃素斋，也是些隔宿的豆腐皮、面筋，很少看见青菜、萝卜之类；平生所见贫瘠之地，以此为最甚。黄山饭食并不十分粗粝，吃了两三天，已觉得嘴里有些淡出鸟来。因知我们到了不毛之地的沙漠区域，一定不能生活。

我在宁波乡下的朋友家里住了三天，主人将我们款如上宾，珍馐罗列满桌，但是我竟无法下箸，原来十碗菜中有九碗是腥味，坐在桌上已熏得作呕。

宁波的鹅肉是款待上宾用的，好像是我们酒席上的鱼翅。我们在宁波，主人也杀鹅相飨。鹅肉是冷的，切得像火腿一样薄片，装在高脚小碟中，堆得极高。主人恭恭敬敬地夹一片送过来，我尝了一口，原来是清水淡煮的，其味比黄鱼更腥，几乎呕出隔夜饭来。陈仲子“哇”的“鶃鶃之肉”，看来吃的也是宁波人煮的白鹅。

鹅肉因为是珍品，只有薄薄的一层，下面还有垫底的东西。

垫的是什么底？真出乎我们意料之外，若非目睹，绝猜想不出，原来垫的是连壳的头号大长生果。

腥味尚可忍耐，而在几处地方，人们有爱闻臭味的习惯。我们闻不惯这种恶味的异乡人，非但不敢同席，就是坐在屋子里也会被它熏出室外。宁绍的咸菜果，已觉得难以效劳；福建人的笋荠，吃过一次，可以使饭堂里臭三日三夜，它的臭味有些像妇人的月经，浓度还增加百倍。

上海人把草头（金花菜）当美味，时鲜货论两计值，比鱼肉更贵；宁波人却以此作肥料，名曰草子。我们在宁波，自摘草子炒食，对主人说："但得新鲜蔬菜一两味，何必破费钱钞，多备鱼鹅？"主人谦逊道："远客惠临，如以草子奉客，未免太不恭敬！"

苏州的上等人家，皆不食塌窝菜；上海人却以此为冬季隽品。去冬至苏州，偶尔尝试，烹调法与上海无异，而味远不如上海所植，因知此为土壤关系，非苏州人不吃好货也。

选自 1936 年《机联会刊》第 146 期

张亦庵

豉

豉，这一个字，在所谓读书识字的人眼里不会觉得有什么特殊，不过在比较不读书识字的人看起来，有点像“鼓”，又有点像“敲”，不免陌生。这个字在上海的通俗文字中很少见，而在敝处广东，几乎是妇孺皆晓的一个字，因为它通俗，用得多，人人习见。

上海人叫作酱油的那样东西，在广州并不叫作酱油，而叫作“豉油”或“白油”。所以叫作白油者，因为其色黑，本应叫“黑油”，但是广东人用字多忌讳，凡近乎不吉利的字眼都避而不用，用另一个代替的字，或者甚至用一个相反的字，“白油”就是相反字的一个例子。至于豉油则是一个名正言顺的称号，因为它是从“豆豉”里制出来的卤水。

什么叫“豆豉”？《说文解字》：“豉，配盐幽菽也。”徐曰：“尗，豆也；幽，谓造之幽暗也。”《释名》：“豉，嗜也。五味调和，须之而成，乃可甘嗜也。”

照这样看来，就是把配了盐的豆放在幽暗之处制成的咸而干的豆，就叫作“豉”。由豉里制出来的卤水称作豉油，岂不名正言顺吗？上海人称作豆瓣酱的，广东称作“面豉”。原来制造酱油的时候是要放面粉在里头的，其卤水称为豉油，其滓渣称为面豉，一点也不错。

面豉酱里糊塌塌的那些东西就是面粉。

至于豆豉，则是纯粹盐豆幽干的东西，不是制酱取卤的。烹煮鲥鱼或排骨，用蒜头、豆豉调味，至少可以使你饭量增加一碗。

依豆豉而类推，有若干咸制而干的食品都称之曰豉。有一种干制的净瘦肉片叫作“肉豉”，干制的牡蛎叫“蚝豉”。

还有一种东西叫“榄豉”，这是制自两粤，特有的一种橄榄。这橄榄种形特大，皮色不青绿，发黑，名为“乌榄”。生不可食，其味涩不能入口。煮熟了，虽不洁，而味淡，须蘸糖或盐，也没有什么味儿。将它煮熟后，横断为二，去核，调以酱油而干之，便极鲜香可口，称作“榄豉”。有用盐制的，味不如酱油，是以用酱油制者往往声明其为“白油榄豉”。乌榄的核特别大，质坚实细致，切磨平正之后，可作刻印章之用。

广东又有一种酒名为“双蒸”，其佳者称为“豉味双蒸”，是米酿的酒而经过两度甑蒸的（有经过三度者叫“三蒸”，更浓烈）。所谓豉味，初不由于真有豆豉，乃是用煮熟之肥肉投入酒坛中浸渍着，令日久与酒同化，还有香味如豆豉云。

选自1943年《新都周刊》第23期

陈诒先

吃酒

我的最大嗜好是吃酒，因为父亲爱吃酒，所以我兄弟子侄差不多都能吃酒。父亲每天吃例酒，一顿是在晚饭前，高粱一壶，花生米一包，可吃一点钟之久。一顿是在夜十一点钟光景，湖北人叫作宵夜，宵夜时有菜，但亦不多，或是一盘火腿，或是一盘炸桂鱼，或是一盘炒羊肉丝、烩大小肠之类。母亲每每陪饮，我兄弟在旁，有时亦得吃一小杯。从十一二岁时起，常常得有机会吃酒，不知不觉渐渐成了嗜好。我现在亦吃例酒，每天晚饭时一顿酒，必不可少。现在上海酒极贵，好酒更不可得，回想从前三十年所吃好酒，聊记于后。

民国三、四年，在上海为“商务”“中华”译书时，常到舟山路非园吃酒。非园主人甘翰臣，人极豪爽，爱吃酒，所藏为白兰地、威士忌，皆为极好牌子。当时同吃酒之人，有陈散原、王雪澄、朱古微数人。陈、王、朱均住虹口，所谓“虹口三老”者是也。我等每于下午四五点钟到园。有时主人未到，亦可叫园丁径自开酒。在非园吃酒，无一样菜，主人只备顶好饼干一大盘，祁门红茶一壶，酒则听客人之量，平生所吃外国酒，以此两年为最痛快。

民国八、九年，我在北京教育部编审处，有酒友数人。黄兰生为每天同吃酒之人，当时有一大宅门衰落，出卖其所藏陈酒。李柳溪先生知之，将百余坛陈绍，完全包下，寄存于东城一酒店中，不卖外人。我等熟人叫酒，每斤两元，在当时已骇人听闻。其酒已陈数十年，斟出琥珀色，若有宝石，饮之芳冽，虽过量而不醉。平生所吃黄酒，以此酒为第一。名律师汪子健，在一节所付酒债，至二千元之多，足知此酒之好矣。

在旧京吃此酒时，朋友常聚会之地，为韩家潭西口之春华楼。其雅座只三间，散座只七八桌，后到者无位，宁顾坐候十分钟不去。盖春华楼有几样名菜，如：生敲鳝鱼、红焖鲫鱼、炸肫肝、烧鸭丝、炒掐菜，百吃不厌。夜深一点时，常常吃酒，多在花间。肖红老四、墨君老七、凤第老三、纫香老九诸房间，皆为我等吃酒之处。纫香为辜鸿铭所眷之妓，貌不美而别有风致，酒量极好，馆子酒碗，斟至七八分，有酒二钱多，彼能与客人连干数碗。有一夜与鸿铭两人在纫香处吃酒，鸿铭微醉，以小辮在纫香面画圈不已，其妩媚之态，非酒后不能有也。

十二年，我辞编审处事南归，住在西湖自己庄子。其时散原先生亦迁居杭城，又有汪颂年，亦能吃酒。彼时朱晓岚家有陈酒，其酒为彼在萧山时所自酿，约有百坛，存于杭州城头巷宅中。在民国初年，有兵队入驻，及晓岚回杭，检查藏酒，只存四十余坛。晓岚请吃酒时，距其在萧山做酒时，已四十余年。其酒入口香极，我等酒徒往吃酒，各人带瓶数个，席散满装携归。忆彼时在城头巷吃酒后回湖上，舟出清波门，沿南山雷峰塔西行，入苏堤第一桥。月在树荫，清风徐来，酒香在衣袖，时时拂人鼻观，至今思之，真如仙境矣。平生所饮黄酒，以此酒为第二，其所以比旧京之酒稍差矣，盖年代之陈相同，而酒之质则不同。从前绍兴人制酒，必以最好之酒运京，谓之“京庄”，非极好之酒不能运远路。在火车、轮船未兴之前，运京之酒，半由运河，半由旱道。

杭州酒店，亦常有好酒。碧梧轩初开张时，有一批陈酒。一年后，酒即渐差。笛王许伯遒（曾为梅兰芳吹笛者）住杭州时，每到各酒店寻酒，有一次在梅花碑（杭州街名）一小酒店，名华园者，寻得许多坛好酒。我等酒友数人，遂分购之。湖滨旗下营金瑞兴酒店，有一种陈酿酒可吃，其店门口置百斤坛酒两坛，灰尘黑暗，询之，云有三十年陈，询其价，则为每坛五十元。孙陟甫时游杭，为购得一坛相赠，运回自己庄子，翌日治菜，约散原先生及汪颂年、斯儆吾诸人来吃，开坛果然好极。凡三日吃完，再去买第二坛，店主人不卖，盖欲留一坛好酒为装点门面也。商之再三，最后言出钱不卖，陈大先生能画一张画，当将酒奉送，不要一文。陈大先生者，乃我之兄苍虬也。其后将画换得酒后，予兄弟离开杭州，兄到天津，我到上海教书，此酒存在庄上又十年，始于廿四年运至北平。予兄弟为此酒，会于北平同饮，开坛比第一坛更好。苍虬兄有诗记其事，同时友人和者甚多，今将苍虬兄原作录后：

乙亥秋九月，至旧京视散原先生。日与心畬、叔明、立之、伯夔、君任、羹梅过从。寥志诒先弟自沪来，强志询先弟自津来，旧藏五十年陈酒，由杭至京，连日聚饮，赋诗属和：

开眉今夕是何夕，群季故人俱眼前。
行歌早已觉春梦，饮酒犹能回少年。
长统埋忧宁有地，渊明试酌忽逢天。
鸡酒喔喔谈未了，三丈日高仍醉眠。

申君温克午君豪，笑我才能受一瓢。[1]
忍饿长怜予季役，高歌还爱阿龙超。[2]
侠儒狂狷各奇趣，离别苦辛甘久要。
为惜芳尊挈余沥，塞鸿风雪慰飘飘。[3]

友如兄弟弟如友，此乐端能偿百忧。
不逢大直三驺卒，还胜东坡一子由。
老圃黄花初冒雨，西山红叶正矜秋。
莫将盆沼鱼千里，轻负机云屋两头。

天悭后约敢奢望，心喜故人俱昔同。
微醺何似众皆醉，妙趣尤宜时一中。
杜癖顾痴形自累，庾肥沈瘦语徒工。[4]
待呼遥集几两屐，来寿茶山八十翁。[5]

[1] 申君为强志，午君为寥志。

[2] 季役为诒先，询先小名龙。

[3] 农先六弟、识先九弟、觉先五弟皆在长春。

[4] 叔明、羹梅癖于书；心畬工画；伯夔体肥，君任病后瘦甚，皆工古文。

[5] 立之当在山中，散原老人八十三。

有一年，冯蒿叟游杭，住在西湖蒋苏盦庄中。予请之吃饭，约汪颂年、吴静山作陪（汪为蒿叟门人，吴为蒿叟办振部下）。蒿叟到时，见予书房门外靠墙酒坛，层叠而上，望之微笑，不作一语。从前在杭吃酒，整坛开饮；现在吃酒，一斤、两斤零沽，真如京戏上说白“思想起来，好不伤感人也”。在杭州吃酒，秋日有煮菱、桂花栗；冬日有陈元昌之拣生、许友皋丈家制之冬腌菜，形如浅腊，既可下酒，又可解酒，天下尤物，皆令人不能忘者也。

酒后每每吃粥，粥菜以干而带咸味者为对。《红楼梦》上贾母吃野鸡崽子汤，言：“若是还有生的，再炸上两块，咸浸浸的，吃粥有味儿。那汤虽好，就只不对稀饭。”可见稀饭菜与吃酒菜不同（酒菜以果子及糟醉品为好）。今将粥菜，略开数味于后：油吞果肉、乳腐、卤虾瓜、双插瓜、咸鱼、咸鸭腿、虾酱、酱蟹、肉松、咸蛋等物。此条虽溢出谈酒之外，然酒后一碗粥，如吃得不好，则所吃之酒，亦必美中不足也。

从前在《西风》杂志上，见有一篇"尝味技师"，言外国人有专业尝味者，为人尝茶、尝酒、尝乳酪诸物，其精确在化学分析之上。有专门辨酒，有一次斟威士忌二十杯，彼一二细尝，皆能举出何种牌子、多少年代，历历不爽。其中有一杯类似威士忌之酒，主试者特掺杂于二十杯之中以试之，彼尝之两次，能举出其酒之名。中国黄酒，以绍兴为最好，盖鉴湖之水，与别处不同，以之制酒，他处水皆不如。闻善饮之人，能入口即知为桥东水所制，或桥西水所制，一饮之微，而精妙如此。

六年前，予到长春视兄。时郑苏堪已下野，予往拜之。苏堪请吃饭，所备为日本人所制之黄酒，亦甚好。席间偶谈及酒，予言："闻白酒以贵州之茅台酒为第一，恨未得尝之。"苏堪言："有人送我两瓶，尚存一瓶。"即命人取出，黑瓦瓶，上下如一，真茅台酒也。同席八人，每人斟一小杯（吃白兰地之小杯），饮之纯极香极，由舌而下，感觉异味。因同席酒量皆不佳，瓶中所余，主人遂交予包办，得之大乐，此平生所饮第一好白酒也。

廿六年战事发生，交通阻塞，好酒不能来。在此数年，即欲吃碧梧轩、华园、金瑞兴酒，亦不可得。改吃白酒，白酒亦无好者。广西路利川东桃牌四川大曲，尚可吃，但每瓶已自一元涨至数十元。两年前，周梅泉送江北洋河大曲一瓶，斟在杯中，香溢一室，然一瓶仅能吃三天，更吊起酒虫，令人难过。回想三十年所吃好酒，固难再得，而同吃酒之人，如散原先生、非园主人诸人，皆已下世，真不胜今昔之感矣。

最后予引李日华论酒之言，以结束此文，其言曰："自予隐角里，饮酒不能甘，不能苦，又不能淡，而喜冲与冽。冲非甘也，而觉味之轻，以舌之易举也；冽非苦也，而觉神之清，以喉之无坌也。"是真深知酒趣之言也。

选自1943年《风雨谈》第7期

刘白受

广东的特别食品

“穿在苏杭，吃在广东”，这句话，差不多人人都晓得的。苏杭的穿着，不过绫罗绸缎，没有什么奇异，这且按下不表；专来谈谈广东的食品，然而广东的食品，种类实在太多了。类如：荔枝、香蕉、黄皮、龙眼（桂圆的别名）、滑白鱼、土鲮鱼、老婆饼、盲公饼、师姑榄、叉烧、腊肠等等，实在写不完。现在单提出特别的东西：

禾虫：是蚂蚁一类的东西，色红赤、多足，好像小的蜈蚣，生长在禾田里面。拿来煮汤吃，鲜美可口，比江瑶柱好得多。

龙虱：是水上的甲虫，看起来也和蟑螂差不多。它有两重翅膀，内层是黄色膜状的软翅，又有六只扁扁的毛腿，可以爬行，可以游水。蒸煮贮藏起来，可以历久不坏；吃时，摘去头、翅，味美无匹；功能滋阴补肾。上海的广东店，都有得卖的。

桂花蝉：比普通的蝉形体较大一些，产于丛桂山中，受桂花香气的熏蒸，所以肉含桂味；食法与龙虱略为相同。

兰花蠹：好像橘子树上的青虫，大小也差不多；产于琼崖深山中，专食兰花的膏味。取一条来，放在碗中，食盐少许，片刻就化成碧绿色的清水了。冲以七八倍的沸水，饮之香甜，好像吃果子露一样，两三天内，作呃的时候，都还有余香呢。不过这种东西很难得，就是本省人，吃过的也很少。

蜗牛：就是普通阴湿地方所生的蜗牛，这是人人都看见过的；不过可以吃的，是要大一些的才好。烹调的法子，如同田螺一样，有人说它的味道，比田螺要胜十倍，听说法国人也吃蜗牛，并且组织了种植蜗牛的公司。

食鼠：种类原是普通的老鼠，不过长在米仓库的，稍为肥壮一些。普通的吃法，都是做腊味，如同腊肉、腊鸭一样。在广东，简直是平常的菜，并没有什么奇怪。

猫：猫的吃法更平常，尤其煲汤是很鲜的，至于拿来和蛇一起吃，名曰“龙虎斗”。上海虹口一带的广东酒家，每到冬天，通常有这种新食谱，上海的人，差不多都已领略过了。

蛇：有两种，一种是普通的菜蛇，“蛇王昌”是很有名的，广东人吃这种蛇，好像外江佬吃黄鳝一样的平凡。另外一种是三蛇，三种不同性质的毒蛇，要在一起烹调，才能入口，如果单食哪一种，都会立刻毒死人。据说它们的性质，一种是专走人身的上焦，一种是专走人身的中焦，一种是专走人身的下焦，合起来可以去三焦的风湿，治筋骨拘挛，所以价值很贵，在广东，也不是普通人所能吃的。

随便写来，已经有七八种之多，还有许多特别的东西，恕我一时记不清楚了。

选自 1944 年《紫罗兰》第 17 期

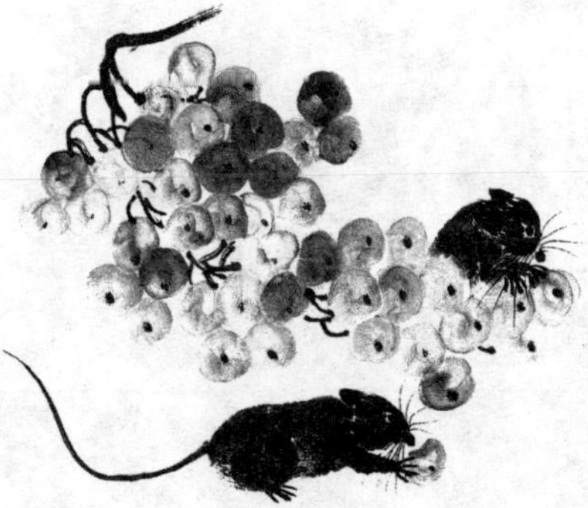

吃的文化

范烟桥

红杂拌

苏州菜馆里有一种价廉物美的菜蔬唤作红杂拌，虽是一碗，中间的材料种类却包括十几碗呢。大概这一种菜蔬是很经济很精明的大司务所发明，和李鸿章杂碎一般的有价值呢。

如今《红杂志》也很和红杂拌相像，所以只换了一个字，分明是兄弟姊妹一般，同一个行辈。我把它当作红杂拌，细细地辨个滋味，觉得格外和红杂拌仿佛，只是眼福和口福上有一些分别罢了。

独鹤是《红杂志》的主任，所以他至少要作一篇小说，卖些力，很像红杂拌里的鱼翅，因着在菜蔬上有很高位置，少了它便觉减味，所以一碗红杂拌里至少也要放一两片的鱼翅，好使吃客心理上先有了好感度。

瘦菊作的是长篇，连续下去不知道到几时才完，很像干贝，占据红杂拌的容积很多，要是细细地咀嚼，便是骰子般小块也要费两三十分钟的工夫，那些性躁的一定囫囵吞去。

饭牛的时调小曲宣卷开篇，儿童们妇女们很是喜欢看的，但是却没有什么深味，宛然蹄筋烧得烂熟，不劳大嚼，到口便化，吃过了好似没有吃，没有牙齿的很可以用些。

桌呆的作品十分松脆，似乎是白菜，在红杂拌里也是少不得的东西，不喜荤腥油腻的自然很爱吃它了。

寄尘的根柢很深，并且新思想也参得很透澈，可以比他是海参，因为带有海鲜的风味。

瞻庐文言白话都很擅长，句法上十分优美，和虾仁差不多滋味，比旁的东西格外鲜美，要是作长篇，仿佛单纯炒一盆虾仁，也很津津有味，多吃些也不讨厌。

红杂拌里东西不胜枚举，《红杂志》的内容也是屈指难尽，我也只得把几件重要的来比拟一下，好在有一位老吃客大胆书生，他把小有天、老新半斋、悦宾楼、东亚酒楼……许多名菜都点出来，成了绝妙的食谱，诸位尽量地大嚼罢。

选自1923年《红杂志》第13期

周作人

谈油炸鬼

刘廷玑著《在园杂志》卷一有一条云："东坡云，谪居黄州五年，今日北行，岸上闻骡驮铎声，意亦欣然。铎声何足欣，盖久不闻而今得闻也。昌黎诗'照壁喜见蝎'，蝎无可喜，盖久不见而今得见也。予由浙东观察副使奉命引见，渡黄河至王家营，见草棚下挂油炸鬼数枚。制以盐水和面，扭作两股如粗绳，长五六寸，于热油中炸成黄色，味颇佳，俗名油炸鬼。予即于马上取一枚啖之，路人及同行者无不匿笑，意以如此鞍马仪从而乃自取自啖此物耶。殊不知予离京城赴浙省，今十七年矣，一见河北风味，不觉狂喜，不能自持，似与韩苏二公之意暗合也。"

在园的意思我们可以了解，但说黄河以北才有油炸鬼却并不是事实。江南到处都有，绍兴在东南海滨，市中无不有麻花摊，叫卖麻花烧饼者不绝于道。范寅著《越谚》卷中"饮食"门云："麻花，即油炸桧，迄今代远，恨磨业者省工无头脸，名此。"案此言系油炸秦会之，殆是望文生义，至同一癸音而曰鬼曰桧，则由南北语异，绍兴读鬼若举不若癸也。中国近世有馒头，其缘起说亦怪异，与油炸鬼相类，但此只是传说罢了。朝鲜权宁世编《支那四声字典》，第一七五kuo字项下注云："馃（kuo），正音。油馃子，小麦粉和鸡蛋，油煎拉长的点心。油炸馃，同上。但此一语北京人悉读作kuei音，正音则唯乡下人用之。"此说甚通，鬼桧二读盖即由馃转出。明王思任著《谑庵文饭小品》卷三"游满井记"中云："卖饮食者邀诃好火烧，好酒，好大饭，好果子。"所云果子即油馃子，并不是频婆林檎之流，谑庵于此多用土话，邀诃亦即吆喝，作平声读也。

乡间制麻花不曰店而曰摊，盖大抵简陋，只两高凳架木板，于其上和面搓条，傍一炉可烙烧饼，一油锅炸麻花，徒弟用长竹筷翻弄，择其黄熟者夹置铁丝笼中，有客来买时便用竹丝穿了打结递给他。做麻花的手执一小木棍，用以摊饼湿面，却时时空敲木板，滴答有声调，此为麻花摊的一种特色，可以代呼声，告诉人家正在开淘有火热麻花吃也。

麻花摊在早晨也兼卖粥，米粒少而汁厚，或谓其加小粉，亦未知真假。平常粥价一碗三文，麻花一股二文，客取麻花折断放碗内，令盛粥其上，如《板桥家书》所说，"双手捧碗缩颈而吸之，霜晨雪早，得此周身俱暖"，代价一共只要五文钱，名曰麻花粥。又有花十二文买一包蒸羊，用鲜荷叶包了拿来，放在热粥底下，略加盐花，别有风味，名曰羊肉粥，然而价增两倍，已不是寻常百姓的吃法了。

麻花摊兼做烧饼，贴炉内烤之，俗称洞里火烧。小时候曾见一种似麻花单股而细，名曰油龙，又以小块面油炸，任其自成奇形，名曰油老鼠，皆小儿食品，价各一文，辛亥年回乡便都已不见了。面条交错作“八结”形者曰巧果，二条缠圆木上如藤蔓，炸熟木自脱去，名曰倭缠。其最简单者两股稍粗，互扭如绳，长约寸许，一文一个，名油馓子。

以上各物《越谚》皆失载，孙伯龙著《南通方言疏证》卷四“释小食”中有“馓子”一项，注云：“《州志》方言，馓子，油炸环饼也。”又引《丹铅总录》等云寒具今云曰馓子。寒具是什么东西，我从前不大清楚，据《庶物异名疏》云：“林洪《清供》云，寒具，捻头也，以糯米粉和面，麻油煎成，以糖食。据此乃油腻黏胶之物，故客有食寒具不濯手而污桓玄之书画者。”看这情形岂非是蜜供一类的物事乎？刘禹锡寒具诗乃云：“纤手搓来玉数寻，碧油煎出嫩黄深。夜来春睡无轻重，压扁佳人缠臂金。”诗并不佳，取其颇能描写出寒具的模样，大抵形如北京西域斋制的奶油镯子，却用油煎一下罢了，至于和靖后人所说外面搽糖的或系另一做法，若是那么黏胶的东西，刘君恐亦未必如此说也。《和名类聚抄》引古字书云，“粿饼，形如葛藤者也”，则与倭缠颇相像，巧果、油馓子又与“结果”及“捻头”近似，盖此皆寒具之一，名字因形而异，前诗所咏只是似环的那一种耳。

麻花摊所制各物殆多系寒具之遗，在今日亦是最平民化的食物，因为到处皆有的缘故，不见得会令人引起乡思，我只感慨为什么为著述家所舍弃，那样的不见经传。刘在园、范啸风二君之记及油炸鬼真可以说是豪杰之士，我还想费些工夫翻阅近代笔记，看看有没有别的记录，只怕大家太热心于载道，无暇做这“玩物丧志”的勾当也。

［附记］

尤侗著《艮斋杂说续说》卷八云：“东坡云，谪居黄州五年，今日北行，岸上闻骡驮铎声，意亦欣然，盖不闻此声久矣。韩退之诗，‘照壁喜见蝎’，此语真不虚也。予谓二老终是宦情中热，不忘长安之梦。若我久卧江湖，鱼鸟为侣，骡马鞭铎耳所厌闻，何如欸乃一声耶？京邸多蝎，至今谈虎色变，不意退之喜之如此，蝎且不避而况于臭虫乎？”西堂此语别有理解。东坡蜀人何乐北归，退之生于昌黎，喜蝎或有可原，唯此公大热中，故亦令人疑其非是乡情而实由于宦情耳。

廿四年十月七日记于北平

［补记］

张林西著《琐事闲录》正续各两卷，咸丰年刊。续编卷上有关于油炸鬼的一则云：“油炸条面类如寒具，南北各省均食此点心，或呼果子，或呼为油胚，豫省又呼为麻糖，为油馍，即都中之油炸鬼也。“鬼”字不知当作何字。长晴岩观察臻云，应作“桧”字，当日秦桧既死，百姓怒不能释，因以面肖形炸而食之，日久其形渐脱，其音渐转，所以名为油炸鬼，语亦近似。”

案此种传说各地多有，小时候曾听老妪们说过，今却出于旗员口中觉得更有意思耳。个人的意思则愿作“鬼”字解，稍有奇趣，若有所怨恨乃以面肖形炸而食之，此种民族性殊不足嘉尚也。秦长脚即极恶，总比刘豫、张邦昌以及张弘范较胜一筹罢，未闻有人炸吃诸人，何也？我想这骂秦桧的风气是从《说岳》及其戏文里出来的。士大夫论人物，骂秦桧也骂韩侂胄更是可笑的事，这可见中国读书人之无是非也。

廿四年十二月廿八日补记

选自1935年《宇宙风》第3期

张亦庵

谈鸡

以前江湾有一所养鸡场，叫作德园。因为这个招牌之典雅而推想及那位命名的先生一定是个博雅君子，因此又想起这个命名的取义，因此而想及鸡之德的问题。

古称鸡有五德，曰文，曰武，曰勇，曰仁，曰信。但是把它对于人类最重要的一德给漏掉了，那就是“可供人吃”。

其实，鸡的本身，远没有什么德与不德；文武云云，算作五德，那是人类对于鸡的配给。人之对于鸡，如果有什么好感的话，恐怕并不由于它的文武等的五德，而是由于它的“可供人吃”的第六德吧。古人所举的五德，具有者不单限于鸡，另外许多禽兽虫豸亦未尝没有，也许还可以举出五德以外的许多德而为鸡所不如的。如果把五德硬派给鸡，那么在古人书中，也有指摘鸡之不德者。《禽经》里有一句说：“鸡鹭恶其类，相值则相搏。”即此一点，同类相残的恶德，已足把它所有其余的即使算得是美德的抵消而有余了。而且，鸡以一雄而管领群雌，群雌而甘心共事一雄，这样的情形，尤为提倡男女平等的先生女士们所大不欢喜而要斥为不德之甚者。

这样的拉扯地说来，似乎有《伊索寓言》的狼要吃山羊，便想出种种罪名加在山羊的身上的嫌疑，好像要为吃鸡者找一个借口。其实这倒不必，爱吃就吃。不过看见宰鸡而又吃鸡者却在赞美鸡之五德，美其名曰德禽，而实实在在，无非想吃其肉而已。要不然的话，为什么没看见过人把它像贤人高士一般供奉起来呢？即便因为它是异类而不便加以如此隆重的敬礼，又为什么没看见过人把它像百灵鸟一样供养在雕琢玲珑的笼子里，永不宰杀呢？

说到鸡供人吃，那是由来已久的事情。周朝时候，已有明文在案，《曲礼》：“凡祭宗庙之礼鸡曰翰音。”《孟子》：“鸡豚狗彘之畜，无失其时，七十者可以食肉矣。”像孟老夫子这样的圣贤人物也公然地提倡吃鸡，而且把它列在一切肉食之上的第一位，然则鸡之可吃，直是我们圣贤的遗教也，我们虽然尚未届七十之龄，然而今日畜饲之术改良，养鸡之场广设，生产之能日进，购买之力增加，则偶然吃只把鸡，也不能算怎么过分。再有，鸡之好吃，好在骨子里；要啃鸡骨头，就非有健全的牙齿不可。七十老翁而有健全的牙齿，在孟子时代，也许是很寻常的事，然而在糖食冷饮流行的今日，求其三十四十而牙齿没有毛病者，已是不可多得；至于七十以上才去啃鸡骨头，那就有点难乎其人了。要吃鸡，还是趁年轻力壮，牙齿健全时候吃点吧。

供鼎俎之鸡，其为材也不一，而各有所宜，买鸡之时，就要因所需而选办。大概市场之鸡，可略分为五大类，雌雄之外，更有成年、未成年之分，即老雄鸡、老母鸡、小雄鸡、小雌鸡四种，再加阉雄鸡一种，共为五类。粤人的叫法，老雄鸡称“鸡公”，老母鸡称“鸡乸”（这是广东特有的字，凡物之雌者通称曰乸，甚至称母亲亦曰“老乸”者，读音近似粤语芋艿之“艿”字）。小雄鸡称“鸡公仔”，小雌鸡称“鸡行”（“行”字读如洋行之“行”）。阉鸡则称“骟鸡”（“骟”字读如“先”字之去声）。

鸡之雌雄，可以一见而识，至于年龄之老幼，一般则以其形体之大小而分。但是饲养不善之鸡，往往有老而不大；饲养得法的，则大而不老。鸡老则肉韧而骨坚，宜于长期火候之烹，如咖喱鸡之类，而不宜于快炒，故买鸡者，不问其形体之大小，以嫩而不老为尚。

买鸡之法，大概选其肉多而丰腴，毛羽明净，两脚黄色；胸前一片刀形的骨，撼之韧而软，嗉不胀塞，这样的鸡，大概便是相当可靠的了。

鸡有雌雄老少之分，前已言之。还有因其生产地域及饲养方法之不同而大异其材禀者，这犹之乎人虽有男女老少之分，但是欧亚人之品赋不同，南北人之习尚各异，至于教养之是否有方，尤足以造成差别很大的后果。人固如此，鸡亦同然。

我国北方的鸡，听说价钱很便宜。战事发生以前，在津浦路所经的地方，可用十个铜元买得煮熟的鸡一整只，比之当时上海鸡价便宜十倍以上。近年物价大高，鸡的身价，虽在北方，想来亦必大有增进了。北方的鸡，便宜虽则便宜，然而据说味道并不怎样高明，坚韧粗糙，远不及江南，取值之廉，固相当于其品质云。

以品质而论，说者谓江西信丰所产的鸡最为上品。以前上海的第一流粤菜馆，多用信丰鸡供客，现在运输不便，比鸡重要百倍的东西尚且来源短少，鸡的运输，在目前当然要暂且按下不提了。

广东所产普通的鸡，也胜过上海的。这大概是因为土地的关系。气候较热的地方，土壤中的虫类较为丰富，鸡得大量的虫类作食料，营养自然较为充足，味道也自然较为鲜美。加以广东人之饮食讲究，对于鸡的饲养方法，当然也会讲究起来。闻说广东有“槽鸡”（不知是此“槽”字否）之法，其法将鸡禁闭于暗无天日的狭小异常的笼子里，使其没有可以回旋活动的余地，又受不着异性的诱惑，饲以充分的芝麻等富有脂肪性的食料。这样的清心寡欲，养尊处优生活下去，经过若干时日，这鸡便被“槽”得脑满肠肥，全身发福，不特肉嫩油多，连骨头也变得软了。北人有填鸭，其法与此近似，盖供挂炉鸭之用者也。

上海一带的鸡，非无佳品，如浦东鸡便是比较好的，江北鸡则较逊。

养鸡者言，鸡种可借人工改良。养鸡场中以意大利种之雄，与本国种之雌，交配而生者，成绩很好。闻说养鸡业者所定优劣的标准，以产卵多而持久不绝者为贵，肉味其次耳。

又闻牛奶棚以变质牛乳及制造乳油所余的奶脚饲鸡，亦极肥美。曩年尝包饮上海畜植公司之牛奶，至年底，公司以“牛奶鸡”一只见赠，果异凡品。今者牛奶已成统制之品，非婴儿及病人之经登记许可者，不可得饮，而鸡与牛奶，价值均名贵非常，恐任何牛奶公司，都已去其告朔之饩鸡了。

粤菜馆中的菜谱，往往把鸡称作凤，如“凤足山瑞”“凤入罗帷”“龙凤大会”等，这大概也不是没有根据的。徐整《正律》曰：“黄帝之时，以凤为鸡。”不过粤菜谱中则反其道而行，以鸡为凤了。

选自 1943 年《新都周刊》第 9—10 期

周作人

炒栗子

日前偶读陆祁孙的《合肥学舍札记》，卷一有《都门旧句》一则云："往在都门得句云‘栗香前市火，菊影故园霜’。卖炒栗时人家方莳菊，往来花担不绝，自谓写景物如画。后见蔡浣霞（銮扬）诗，亦有‘栗香前市火，杉影后门钟’之句，未知孰胜。"

将北京的炒栗子作进诗里去，倒是颇有趣味的事。我想萝婴居士文昭诗中常咏市井景物，当必有好些材料，可惜《紫幢轩诗集》没有买到，所有的虽然是有"堂堂堂"藏印的书，可是只得《画屏斋稿》等三种，在《艾集》下卷找到"时果"三章，其二是"栗"云："风戾可充冬，食新先用炒。手剥下夜茶，饤盘妃红枣。北路虽上番，不如东路好。"居士毕竟是不凡，这首诗写得很有风趣，非寻常咏物诗之比，我很觉得喜欢，虽然自己知道诗是我所不大懂的。说到炒栗，自然第一联想到的是放翁的笔记，但是我又记起清朝还有些人说过，便就近先从赵云崧的《陔余丛考》查起，在卷三十三里找到"京师炒栗"一条，其文云：

“今京师炒栗最佳，四方皆不能及。按宋人小说，汴京李和炒栗名闻四方，绍兴中陈长卿及钱恺使金，至燕山，忽有人持炒栗十枚来献，自白曰：‘汴京李和儿也。’挥涕而去。盖金破汴后流转于燕，仍以炒栗世其业耳，然则今京师炒栗是其遗法耶。”

这里所说似乎有点不大可靠，如炒栗十枚便太少，不像是实有的事。其次在郝兰皋的《晒书堂笔录》卷四有《炒栗》一则云：“栗生啖之益人，而新者微觉寡味，干取食之则味佳矣，苏子由服栗法亦是取其极干者耳。然市肆皆传炒栗法。余幼时自塾晚归，闻街头唤炒栗声，舌本流津，买之盈袖，恣意咀嚼，其栗殊小而壳薄，中实充满，炒用糖膏则壳极柔脆，手微剥之，壳肉易离而皮膜不黏，意甚快也。及来京师，见市肆门外置柴锅，一人向火，一人坐高兀子，操长柄铁勺频搅之令匀遍。其栗稍大，而炒制之法，和以濡糖，藉以粗沙亦如余幼时所见，而甜美过之，都市衔鬻，相染成风，盘饤间称佳味矣。偶读《老学庵笔记》二，言故都李和炒栗名闻四方，他人百计效之，终不可及。绍兴中陈福公及钱上阁出使虏庭，至燕山忽有两人持炒栗各十裹来献，三节人亦人得一裹，自赞曰李和儿也，挥涕而去。惜其法竟不传，放翁虽著记而不能究言其详也。”

所谓宋人小说，盖即是《老学庵笔记》，“十枚”亦可知是“十裹”之误。郝君是有情趣的人，学者而兼有诗人的意味，故所记特别有意思，如写炒栗之特色，炒时的情状，均简明可喜，

《晒书堂文集》中可取处甚多，此其一例耳。糖炒栗子法在中国殆已普遍，李和家想必特别佳妙，赵君以为京师市肆传其遗法恐未必然。绍兴亦有此种炒栗，平常系水果店兼营，与北京之多由干果铺制售者不同。案孟元老著《东京梦华录》卷八，“立秋”项下说及李和云：“鸡头上市，则梁门里李和家最盛……士庶买之，一裹十文，用小新荷叶包，糁以麝香，红小索儿系之。卖者虽多，不及李和一色拣银皮子嫩者货之。”李李村著《汴宋竹枝词》百首，曾咏其事云：“明珠的的价难酬，昨夜南风黄嘴浮。似向胸前解罗被，碧荷叶裹嫩鸡头。”

这样看来，那么李和家原来岂不也就是一爿鲜果铺么？放翁的笔记原文已见前引《晒书堂笔录》中，兹不再抄。三年前的冬天偶食炒栗，记起放翁来，陆续写二绝句，致其怀念，时已近岁除矣，其词云：“燕山柳色太凄迷，话到家园一泪垂。长向行人供炒栗，伤心最是李和儿。/家祭年年总是虚，乃翁心愿竟何如。故园未毁不归去，怕出偏门过鲁墟。”

先祖母孙太君家在偏门外，与快阁比邻，蒋太君家鲁墟，即放翁诗所云“轻帆过鲁墟”者是也。案《嘉泰会稽志》卷十七草部，“荷”下有云：“出偏门至三山多白莲，出三江门至梅山多红莲。夏夜香风率一二十里不绝，非尘境也，而游者多以昼，故不尽知。”

出偏门至三山，不佞儿时往鲁墟去，正是走这条道，但未曾见过莲花，盖田中只是稻，水中亦唯有大菱茭白，即鸡头子也少有人种植。近来更有二十年以上不曾看见，不知是什么形状矣。

廿九年三月二十日

选自 1946 年《中和月刊》第 1 卷第 6 期

周作人

吃白果

白果树的历史很早，和它同时代的始祖鸟等已于几百万年前消灭了，它却还健在，真可以算是植物界的遗老了。书上称它为鸭脚子，因为叶如鸭脚，又名公孙树，“言其实久而后生，公种而孙方食”。或谓左思赋中称作平仲，后来却不通行，一般还是叫它作白果，据说宋初入贡，乃改名银杏。日本称为耿南，乃是银杏音译转讹，树称伊曲，则是鸭脚的音译，而且都是后起的宋音，可见传入的年代也不很早，大概只是千年的历史罢了。

白果的形状很别致，可是实在没有什么好吃，因为壳外有肉，大概是泡在水里让它烂掉的吧，所以带有臭气，而且白果自身也有一种特殊的气味，有些人不大喜欢。它的吃法我只知道有两种：其一是炒，街上有人挑担支锅，叫道“现炒白果儿”，小儿买吃，一文钱几颗，现买现炒。其二是煮，大抵只在过年的时候，照例煮藕脯，用藕切块，加红糖煮，附添白果、红枣，是小时候所最期待的一种过年食品。

此外似乎没有什么用处了，古医书云，白果食满千颗杀人，其实这种警告是多余的，因为谁也吃不到一百颗，无论是炒了或煮了来吃。

选自1951年3月3日《亦报》

老舍

落花生

我是个谦卑的人。但是，口袋里装上四个铜板的落花生，一边走一边吃，我开始觉得比秦始皇还骄傲。假若有人问我：“你要是做了皇上，你怎么享受呢？”简直的不必思索，我就答得出：“派四个大臣拿着两块钱的铜子，爱买多少花生吃就买多少！”

什么东西都有个幸与不幸。不知道为什么瓜子比花生的名气大。你说，凭良心说，瓜子有什么吃头？它夹你的舌头，塞你的牙，激起你的怒气——因为一咬就碎；就是幸而没碎，也不过是那么小小的一片，不解饿，没味道，劳民伤财，布尔乔亚！你看落花生：大大方方的，浅白麻子，细腰，曲线美。这还只是看外貌。弄开看：一胎儿两个或者三个粉红的胖小子。脱去粉红的衫儿，象牙色的豆瓣一对对地抱着，上边儿还结着吻。那个光滑，那个水灵，那个香喷喷的，碰到牙上那个干松酥软！白嘴吃也好，就酒喝也好，放在舌上当槟榔含着也好。写文章的时候，

三四个花生可以代替一支香烟，而且有益无损。

种类还多呢：大花生，小花生，大花生米，小花生米，糖饯的，炒的，煮的，炸的，各有各的风味，而都好吃。下雨阴天，煮上些小花生，放点盐，来四两玫瑰露，够作好几首诗的。瓜子可给诗的灵感？

冬夜，早早地躺在被窝里，看着《水浒》，枕旁放着些花生米；花生米的香味，在舌上，在鼻尖；被窝里的暖气，武松打虎……这便是天国！冬天在路上，刮着冷风，或下着雪，袋里有些花生使你心中有了主儿；掏出一个来，剥了，慌忙往口中送，闭着嘴嚼，风或雪立刻不那么厉害了。况且，一个二十岁以上的人肯神仙似的，无忧无虑的，随随便便的，在街上一边走一边吃花生，这个人将来要是做了宰相或度支大臣，他是不会有官僚气或贪财的。他若是做了皇上，必是朴俭温和直爽天真的一位皇上，没错。

吃瓜子的照例不在街上走着吃，所以我不给他保这个险。

至于家中要是有小孩儿，花生简直比什么也重要。不但可以吃，而且能拿它们玩。夹在耳唇上当环子，几个小姑娘就能办很大的一回喜事。小男孩若找不着玻璃球儿，花生也可以当弹儿。玩法还多着呢。玩了之后，剥开再吃，也还不脏。两个大子儿的花生可以玩半天，给他们些瓜子试试？

论样子，论味道，栗子其实满有势派儿。可是它没有落花生那点家常的“自己”劲儿。栗子跟人没有交情，仿佛是。核桃也不行，榛子就更显着疏远。落花生在哪里都有人缘，自天子以至庶人都跟它是朋友，这不容易。

在英国，花生叫作“猴豆”——monkey nuts。人们到动物园去才带上一包，去喂猴子。花生在这个国里真不算很光荣，可是我亲眼看见去喂猴子的人——小孩就更不用提了——偷偷地也往自己口中送这猴豆。花生和苹果好像一样的有点魔力，假如你知道苹果的典故；我这儿确是用着典故。

美国吃花生的不限于猴子。我记得有位美国姑娘，在到中国来的时候，把几只皮箱的空处都填满了花生，大概凑起来总够十来斤吧，怕是到中国吃不着这种宝物。美国姑娘都这样重看花生，可见它确是有价值；按照哥伦比亚的哲学博士的辩证法看，这当然没有误儿。

花生大概还跟婚礼有点关系，一时我可想不起来是怎么个办法了。不是新娘子在轿里吃花生，不是；反正是什么什么春吧——你可晓得这个典故？其实花轿里真放上一包花生米，新娘子未必不一边落泪一边嚼着。

选自1935年1月2日《漫画生活》

闲话茶事

周作人

喝茶

前回徐志摩先生在平民中学讲“吃茶”，——并不是胡适之先生所说的“吃讲茶”——我没有工夫去听，又可惜没有见到他精心结构的讲稿，但我推想他是在讲日本的“茶道”（英文译作Teaism），而且一定说得很好。茶道的意思，用平凡的话来说，可以称作“忙里偷闲，苦中作乐”，在不完全的现世享乐一点美与和谐，在刹那间体会永久，是日本之“象征的文化”里的一种代表艺术。关于这一件事，徐先生一定已有透彻巧妙的解说，不必再来多嘴，我现在所想说的，只是我个人的很平常的喝茶罢了。

喝茶以绿茶为正宗。红茶已经没有什么意味，何况又加糖——与牛奶？葛辛（George Gissing）的《草堂随笔》（*Private Papers of henry Ryecroft*）确是很有趣味的书，但冬之卷里说及饮茶，以为英国家庭里下午的红茶与黄油面包是一日中最大的乐事，支那饮茶已历千百年，未必能领略此种乐趣与实益的万分之一，则我殊不以为然。

红茶带“土斯”未始不可吃，但这只是当饭，在肚饥时食之而已，我的所谓喝茶，却是在喝清茶，在赏鉴其色与香与味，意未必在止渴，自然更不在果腹了。中国古昔曾吃过煎茶及抹茶，现在所用的都是泡茶，冈仓觉三在《茶之书》（*Book of Tea*，1919）里很巧妙地称之曰“自然主义的茶”，所以我们所重的即在这自然之妙味。中国人上茶馆去，左一碗右一碗地喝了半天，好像是刚从沙漠里回来的样子，颇合于我的喝茶的意思（听说闽粤有所谓吃功夫茶者自然也有道理），只可惜近来太是洋场化，失了本意，其结果成为饭馆子之流，只在乡村间还保存一点古风，唯是屋宇器具简陋万分，或者但可称为颇有喝茶之意，而未可许为已得喝茶之道也。

喝茶当于瓦屋纸窗之下，清泉绿茶，用素雅的陶瓷茶具，同二三人共饮，得半日之闲，可抵十年的尘梦。喝茶之后，再去继续修各人的胜业，无论为名为利，都无不可，但偶然的片刻优游乃正亦断不可少。中国喝茶时多吃瓜子，我觉得不很适宜，喝茶时可吃的东西应当是轻淡的“茶食”。中国的茶食却变了“满汉饽饽”，其性质与“阿阿兜”相差无几，不是喝茶时所吃的东西了。日本的点心虽是豆米的成品，但那优雅的形色，朴素的味道，很合于茶食的资格，如各色的“羊羹”（据上田恭辅氏考据，说是出于中国唐时的羊肝饼），尤有特殊的风味。江南茶馆中有一种“干丝”，用豆腐干切成细丝，加姜丝酱油，重汤炖热，上浇麻油，出以供客，其利益为“堂倌”所独有。豆腐干中本有一种“茶干”，今变而为丝，亦颇与茶相宜。在南京时常食此品，据云有某寺方丈所制为最，虽也曾尝试，却已忘记，所记得者乃只是下关的江天阁而已。学生们的习惯，平常“干丝”既出，大抵不即食，等到麻油再加，开水重换之后，始行举箸，最为合式，因为一到即罄，次碗继至，不遑应酬，否则麻油三浇，旋即撤去，怒形于色，未免使客不欢而散，茶意都消了。

吾乡昌安门外有一处地方名三脚桥（实在并无三脚，乃是三出，园以一桥而跨三汊的河上也），其地有豆腐店曰周德和者，制茶干最有名。寻常的豆腐干方约寸半，厚可三分，值钱二文；周德和的价值相同，小而且薄，几及一半，黝黑坚实，如紫檀片。我家距三脚桥有步行两小时的路程，故殊不易得，但能吃到油炸者而已。每天有人挑担设炉镬，沿街叫卖，其词曰：“辣酱辣，麻油炸，红酱搽，辣酱拓——周德和格五香油炸豆腐干。”

其制法如上所述，以竹丝插其末端，每枚值三文。豆腐干大小如周德和，而甚柔软，大约系常品。唯经过这样烹调，虽然不是茶食之一，却也不失为一种好豆食——豆腐的确也是极好的佳妙的食品，可以有种种的变化，唯在西洋不会被领解，正如茶一般。

日本用茶淘饭，名曰“茶渍”，以腌菜及“泽庵”（即福建的黄土萝卜，日本泽庵法师始传此法，盖从中国传去）等为佐，很有清淡而甘香的风味。中国人未尝不这样吃，唯其原因，非由穷困即为节省，殆少有故意往清茶淡饭中寻其固有之味者，此所以为可惜也。

选自 1924 年《语丝》第 7 期

飘穷

香港的茶居

清谈可以解闷，当一个人在极形苦闷时，约一两个知己信口乱谈，或者仰头观天，哈哈，今夜北斗星出现在西北角上，或者伫立门前，看见女人过时，赞美一句“好丰满的屁股”，你一句，我一句，似乎，可以把愁闷排去。

不过，像这样硬生生地东扯一句西扯一句，似乎还有点美中不足。我们中国人是清谈的上手，古代之名士隐者，时常在绿荫树下，约二三个村夫野老，坐在一张桌前，泡细茶一壶，饮茶清谈，一杯一杯地饮下去，一句一句地说出来，这种高雅的举动最有趣味，可惜此风已经不传，现代人的清谈，多半不是在绿荫树下，而是在人声鼎沸的市肆，唯饮茶也还是照饮，饮茶与清谈，终究是分不开的一条路线。

中国人对于饮茶确实有研究的，要算广东的潮州人。我在汕头住过三年，觉得潮州人饮茶十分讲究。他们不用大碗，而用仅有五分高大的泥小杯，茶壶是异常巧小，客来，只举小杯茶一杯，茶味浓得像咖啡，但不会苦口，咽下去似乎还希望第二杯到来，可惜，主人只许奉一杯。我们饮茶是一杯一口地咽下，真不失为牛饮，而潮州人则不然，他们把茶杯放在嘴唇边，一点一滴地去尝茶味。他们是饮茶，不是解渴。

除了潮州人外，广州人饮茶也颇高兴，但可惜广东人食茶的方法，并非所谓奇妙，只是高兴而已。

广东人遇见朋友时，第一句便是拉朋友去饮茶。饮茶的地方有茶居，茶居在广东成为主要商店之一。

香港是广东人最多的地方，所以香港一埠茶居也特别多，几乎，每一条街道，不论大小，都有好几家茶居。

我不喜欢饮茶，尤其不喜欢跑到音响嘈杂的茶居内去饮茶。住在香港时，每星期日没有课，同学们总要拉着上茶居，虽然自己不愿意，而也成了习惯。每逢星期日，就是没有同学拉，也非单独到茶居去坐一坐不可。

香港人每天消磨在茶居内的时间，比之工作的时间要多。有事没事，有伴没有伴，都要去坐一坐，这似乎是习惯。每天三次，早上八点以前，上午十二点至一点，晚上七点半至十点之间，全香港的茶居无一不座上客满。有的一个人坐在茶桌前看报，有的二三人围在一起高声谈笑。他们饮茶，仅仅一盖盅，用开水冲了又冲，茶味没有了也不打紧，一直冲到他们心满意足，走了为止。

茶居分上中二等，上等茶居布置极其华丽，好像大酒店，用电梯上落，内面分包间及散厅，进去除饮茶外，还要吃点心，所去光顾的人多是高等华人，有女招待供他们玩赏。

中等茶居最普遍，每天有人满之患，茶资每盖盅有三分六——即港币半角——或三仙不等，桌上放着糕饼点心，一碟一碟，食否随意，食后照碟理账，不食也可以。每隔十分钟，便有用蒸笼肩着各种不同的热点心的人沿桌叫卖，每十分钟所卖的不同，要么，就喊一声，每碟是港币五仙。

到茶居饮茶的人有各种不同的人物，他们是天天光顾的老主客，遇着朋友有事情商量，也就请朋友到茶居去，茶居是他们清谈还兼商量要公之地。

一个人占一个茶位也可以，坐的时间无限制，几乎是到茶居去消磨岁月。每天三次饮茶以外，还有一种是饮半夜茶。半夜茶是在五更四点，去光顾的，多半是苦力或夜游的浪子。据说，饮半夜茶最有趣味，但我没有尝过，大概是夜阑人静，万籁俱寂，一灯独对，照影成双的趣味吧。

每一个人每天最低限度是饮三次茶。港人一天吃两顿饭，早上起来上茶居饮茶。九点吃早饭，十一点又上茶居，四点吃晚饭，下午八点又上茶居。所以，没有钱的朋友，每天饮茶也是不能缺少，就当东西也要去饮。

还有一种没有钱又没有东西可当的朋友，他们宁可空着身子上茶居，饮了后没有钱算账，于是坐茶监。所谓茶监者，是罚他做一天苦工，在茶居内倒痰盂、洗盘碗。他们也情愿去干，茶是非饮不可。可见他们对于饮茶之热心。

饮茶确实是一种极好的做人手段。在这事事没有道理的年头，大家内心中充满着愤怒与悲哀，没有地方可发泄，于是借茶的力量，来消解胸中的悲愤。我离开香港一年多了，到上海来还没有去饮过一次茶，虽然上海有不少广东人开的茶馆，可是望着高大轩敞的店门，摸摸口袋，起了许久的心愿，终没有机会去饮一次。回想在香港时，那种每星期必饮一次茶的过去，真令人不胜今昔之感。

选自 1933 年《中华周报》第 90 期

周作人

再论吃茶

郝懿行《证俗文》一云：“考茗饮之法始于汉末，而已萌芽于前汉，然其饮法未闻，或曰为饼咀食之，逮东汉末蜀吴之人始造茗饮。”据《世说》云，王濛好茶，人至辄饮之，士大夫甚以为苦，每欲候濛，必云今日有水厄。又《洛阳伽蓝记》说王肃归魏住洛阳初不食羊肉及酪浆等物，常饭鲫鱼羹，渴饮茗汁，京师士子见肃一饮一斗，号为漏厄。后来虽然王肃习于胡俗，至于说茗不中与酪作奴，又因彭城王的嘲戏，“自是朝贵宴会虽设茗饮，皆耻不复食，唯江表残民远来降者好之”，但因此可见六朝时南方吃茶的嗜好很是普遍，而且所吃的分量也很多。

到了唐朝统一南北，这个风气遂大发达，有陆羽、卢仝等人可以作证，不过那时的茶大约有点近于西人所吃的红茶或咖啡，与后世的清茶相去颇远。明田艺蘅《煮泉小品》云：“唐人煎茶多用姜盐，故鸿渐云，初沸水合量，调之以盐味。薛能诗‘盐损添常戒，姜宜着更夸’。苏子瞻以为茶之中等用姜煎信佳，盐则不可。余则以为二物皆水厄也，若山居饮水，少下二物以减岚气，或可耳，而有茶则此固无须也。至于今人荐茶类下茶果，此尤近俗，是纵佳者，能损真味，亦宜去之。且下果则必用匙，若金银大非山居之器，而铜又生腥，皆不可也。若旧称北人和以酥酪，蜀人入以白土，此皆蛮饮，固不足责。人有以梅花、菊花、茉莉花荐茶者，虽风韵可赏，亦损茶味，如有佳茶亦无事此。”此言甚为清茶张目，其所根据盖在自然一点，如下文即很明了地表示此意：“茶之团者片者，皆出于碾硙之末，既损真味，复加油垢，即非佳品，总不若今之芽茶也，盖天真者自胜耳。芽茶以火作者为次，生晒者为上，亦更近自然，且断烟火气耳。”

谢肇淛《五杂俎》卷十一亦有两则云：“古人造茶，多舂令细，末而蒸之，唐诗家僮隔竹敲茶臼是也。至宋始用碾，揉而焙之则自本朝（案明朝）始也。但揉者恐不若细末之耐藏耳。”“《文献通考》：茗有片有散,片者即龙团旧法，散者则不蒸而干之，如今之茶也。始知南渡之后茶渐以不蒸为贵矣。”

清乾隆时茹敦和著《越言释》二卷，有“撮泡茶”一条，撮泡茶者即叶茶，撮茶叶入盖碗中而泡之也，其文云：“《诗》云荼苦，《尔雅》苦荼，茶者荼之减笔字，前人已言之，今不复赘。茶理精于唐，茶事盛于宋，要无所谓撮泡茶者。今之撮泡茶或不知其所自，然在宋时有之，且自吾越人始之。案炒青之名已见于陆诗，而放翁《安国院试茶》之作有曰：‘我是江南桑苎家，汲泉闲品故园茶。只应碧缶苍鹰爪，可压红囊白雪芽。’其自注曰：‘日铸贮以小瓶蜡纸，丹印封之，顾渚贮以红蓝缣囊，皆有岁贡。’小瓶蜡纸至今犹然，日铸则越茶矣。不团不饼，而曰炒青，曰苍龙爪，则撮泡矣。是撮泡者对硙茶言之也。又古者茶必有点。无论其为硙茶为撮泡茶，必择一二佳果点之，谓之点茶。点茶者必于茶器正中处，故又谓之点心。此极是杀风景事，然里俗以此为恭敬，断不可少。岭南人往往用糖梅，吾越则好用红姜片子，他如莲菂榛仁，无所不可。其后杂用果色，盈杯溢盏，略以瓯茶注之，谓之果子茶，已失点茶之旧矣。渐至盛筵贵客，累果高至尺余，又复雕鸾刻凤，缀绿攒红以为之饰，一茶之值乃至数金，谓之高茶，可观而不可食，虽名为茶，实与茶风马牛。又有从而反之者，聚诸干藤烂煮之，和以糖蜜，谓之原汁茶，可以食矣，食竟则摩腹而起，盖疗饥之上药，非止渴之本谋，其于茶亦了无干涉也。他若莲子茶、龙眼茶种种诸名色相沿成故，而种种糕餐饼饵皆名之为茶食，尤为可笑。由是撮泡之茶遂至为世诟病。凡事以费钱为贵耳，虽茶亦然，何必雅人深致哉。又江广间有擂茶，是姜盐煎茶遗制，尚存古意，未可与越人之高茶、原汁茶同类而并讥之。”

王侃著《巴山七种》，同治乙丑刻，其第五种曰《江州笔谈》，卷上有一则云：“乾隆嘉庆间宦家宴客，自客至及入席时，以换茶多寡别礼之隆杀。其点茶花果相间，盐渍蜜渍以不失色香味为贵，春不尚兰，秋不尚桂，诸果亦然，大者用片，小者去核，空其中，均以镂刻争胜，有若为饤盘者，皆闺秀事也。茶匙用金银，托盘或银或铜，皆錾细花，髹漆皮盘则描金细花，盘之颜色式样人人各异，其中托碗处围圈高起一分，以约碗底，如托酒盏之护衣碟子。茶每至，主人捧盘递客，客起接盘自置于几。席罢乃啜叶茶一碗而散，主人不亲递也。今自客至及席罢皆用叶茶，言及换茶人多不解。又今之茶托子绝不见如舟如梧橐鄂者。事物之随时而变如此。”

予生也晚，已在马江战役之后，儿时有所见闻亦已后于栖清山人者将三十年了。但乡曲之间有时尚存古礼，原汁茶之名虽不曾听说，高茶则屡见，有时极精巧，多至五七层，状如浮图，叠灯草为栏干，染芝麻砌作种种花样，中列人物演故事，不过今不以供客，只用作新年祖像前陈设耳。因高茶而联想到的则有高果，旧日结婚祭祀时必用之，下为锡碗，其上立竹片，缚诸果高一尺许，大抵用荸荠、金橘等物，而令人最不能忘记的却是甘蔗这一种，因为上边有“甘蔗菩萨”，以带皮红甘蔗削片，略加刻画，穿插成人物，甚古拙有趣，小时候分得此菩萨一尊，比有甘蔗吃更喜欢也。莲子等茶极常见，大概以莲子为最普通，杏酪、龙眼为贵，芡栗已平凡，百合与扁豆茶则卑下矣。凡待客以结婚时宴“亲送”舅爷为最隆重，用三道茶，即杏酪、莲子及叶茶，平常亲戚往来则叶茶之外亦设一果子茶，十九皆用莲子。范寅

《越谚》卷中“饮食”门下，有“茶料”一条，注曰：“母以莲栗枣糖遗出嫁女，名此。”又“馡茶”一条注曰：“新妇煮莲栗枣，遍奉夫家戚族尊长卑幼，名此，又谓之喜茶。”此风至今犹存，即平日往来馈送用提合，亦多以莲子白糖充数。儿童入书房拜蒙师，以茶盅若干副分装莲子白糖为礼，师照例可全收，似向来馡茶系致敬礼。此所谓茶又即是果子茶，为便利计乃用茶料充之，而茶料则以莲糖为之代表也。点茶用花今亦有之，唯不用鲜花临时冲入，改而为窨，取桂花、茉莉、珠兰等和茶叶中，密封待用。果已少用，但尚存橄榄一种，俗称元宝茶，新年入茶店多饮之取利市，色香均不恶，与茶尚不甚相忤，至于姜片等则未见有人用过。越中有一种茶盅，高约一寸许，口径二寸，有盖，与茶杯、茶碗、茶缸异，盖专以盛果子茶者，别有旧式者以银皮为里，外面系红木，近已少见，现所有者大抵皆陶制也。

茶本是树的叶子，摘来瀹汁喝喝，似乎是颇简单的事，事实却并不然。自吴至南宋将一千年，始由团片而用叶茶，至明大抵不入姜盐矣，然而点茶下花果，至今不尽改，若又变而为果羹，则几乎将与酪竞爽了。岂馡茶致敬，以叶茶为太清淡，改用果饵；茶终非吃不可，抑或留恋于古昔之膏香盐味，故仍于其中杂投华实，尝取浓厚的味道乎？均未可知也。南方虽另有果茶，但在茶店凭栏所饮的一碗碗的清茶却是道地的苦茗，即俗所谓龙井，自农工以至老相公盖无不如此，而北方民众多嗜香片，以双窨为贵，此则犹有古风存焉。不佞食酪而亦吃茶，茶常而酪不可常，故酪疏而茶亲，唯亦未必平反旧案，主茶而奴酪耳，此二者盖牛羊与草木之别，人性各有所近，其在不佞则稍喜草木之类也。

［附记］

大义汪氏《大宗祠祭规》，嘉庆七年刊，有汪龙庄序，其《祭器祭品式》一篇中云，大厅中堂用水果五碗，注曰“高尺三”；神座前及大厅东西座各用水果五碗，注曰“高一尺”。案此即高果，萧山风俗盖与郡城同，但《越谚》中高果却失载，不知何也。

选自《夜读抄》，1934年7月，上海北新书局出版

山石

茶与粤人

粤人好饮茶，现在我特来说茶与粤人。

茶为常绿灌木，高五六尺，秋日开白花，实三角形，其叶可烹为饮料，古谓之苦荼，又名槚，又名荈，考之古籍《神农本草》有曰“茶味苦，饮之使人益思，少卧，轻身，明目”，《食经》亦有曰“茶茗久服，使人有力悦志”，是远在纪元之前，吾人已采茶为饮料，不过当时饮者尚少，至唐时始盛。江南诸省皆产之，其种类不一，制法亦异，大别为红茶、绿茶两种。唐开元间（西历七百三十年左右）饮茶已成为民间习尚，白居易诗所谓“前月浮梁买茶去”，浮梁即今江西地，可知当时商品中已有茶之一类，再看唐人陆羽之《茶经》，以及唐建中时之茶禁，则茶之为用，已日见其广，以至于宋，居然成立茶市，由此种茶市，产生无数茶引，而茶业遂随茶引而推销各地。

粤省地接赣闽，唐宋又有市舶司之设立，是以茶业与乎饮茶之风气，遂起于此时，由唐迄宋，以至现在，达千余年，粤人嗜之弥笃。吾人试观粤省之茶楼、茶室、茶庄，以及嗜茶之大众，便见一斑。单就广州市来说，茶楼达一百六十余间，茶室一百三十余间，大小茶庄不下六十余间，茶点粉面行大小七百余家，其他汕头、潮州、惠州、江门、北海、海口、公益、石岐，以及各县市乡镇之茶寮，仍未经估计，想其数当不在少。

茶楼、茶室之在广州可谓随处有之，茶市有早、午、夜三市之分，有只做午市者，有兼做早、午两市者，亦有早、午、夜三市兼营者；所售食品，饼面包点，花样极多，随时交换，所谓星期美点，亦有不单是经营茶而兼售酒菜者，至于每届中秋，多有兼营月饼者。茶价最高者每位二毫，或一毫半，次则一毫，再次三分六、二分四，或分八、分二，不等。各茶楼向来生意颇好，唯数年来，亦因不景气影响，生意颇呈冷淡，于是各茶商遂有补救办法，增聘女职工，以图刷新营业阵容，而营业遂亦因以补救不少；其不聘女工者，亦以平价招徕，或以唱女伶为号召，唯一般有伶癖之茶客，向少大食，以故收效甚微，而且广州市民之饮茶真是为饮茶而饮茶者多，远不及四乡之饮茶当飧。虽然亦有为食而往茶楼或茶室者，大抵以在机关服务之军政界人物为多，在广州市中，每当午炮一响，各机关落班，其时永汉路、惠爱路一带之茶楼茶室，愈见畅旺。此外则西濠口一带之茶楼又为工商界中人集合之地，大抵军政界中人多借茶楼然后食晚饭，商界则值此为交易谈判之所，唯听说工界则不少以饮茶为名，躲懒为实。若教育界则除平日不计外，最盛行茶楼生活者饮为暑假寒假，因为暑假寒假时候，一般教育中人，大约找饭碗多向茶楼找朋友，此际永汉路之涎香、吉祥等茶楼，真是济济多士。除学界外，则度茶楼生活者，多为有闲阶级，大抵一杯在手，聊天说地，约由世界大势而至个人是非，而至饮食男女等等问题，皆为谈话之资料，然亦有所谓𩟔茶者，其著者所谓冇人坐到冇人，淡水冲到淡水，此种滋味，迥非急性所能问津，然广州人虽𩟔茶远不若潮州人之甚。

我看潮州人饮茶，若极有分寸，以家居言，客至，端茶请客，茗盘之上，端起几只小茶杯，如果客人是内行，则当举杯到口之时，必细斟慢酌，一若无限滋味也者，然后谓之有研究。若一举而尽，则谓之外行。潮人所用之茶壶，尤为讲究，据说茶渍越多，茶壶越有价值，多至不要茶叶而饮时有茶味者为珍品，甚之讲身价财产亦以茶壶为对者，闻家藏有多渍之茶壶，亦一体面之事。其重视大抵如此。

至于广东各市镇，茶市之经营，上等为茶室，次则为茶楼，再次则为炒粉馆。茶室虽开列食单，才有食品送来；茶楼则有伙计随厅叫卖；至于炒粉馆多为车夫及其他苦力品茗之地，茶价最廉，俗呼为八厘馆。

粤人嗜茶之习，确较别省为甚，故饮茶一项之消费亦较别省为多。据说粤省平均每年每人消费茶叶约二磅，换言之，即粤省以三千万人口计，每年约要六千万磅茶叶。根据《大公报》发表之中国茶叶消费量每年为八万万磅，则粤省实占十三分之一，然则粤省产茶多少？据调查所得，产茶之县凡四十有六，其产名茶之区则有十五县，若河源之桂山茶，兴宁之箭竹顶、水罗塘、朱子莱、富竹径，乐昌之白茅，防城之白研绿、双峰绿、那勒绿，茂名之黄塘、张王洞、出瑞龙，灵山之狮子岭、四洲山，信宜之龙山，和平之九连，陆丰之南斜、南峰凹、刘厝坂，鹤山之生茶、熟茶，封川之白舄，始兴之红娘、清水，仁化之白毛，乳源之红茶，揭阳之炒茶，总计每年产额约一百三十余万斤；其较次者有番禺、南海、高要、清远、惠阳、琼山、澄迈、定安、文昌、琼东、乐会、临高、儋县、崖县、万宁、陵水、感恩、昌江、连平、紫金、罗定、新兴、高明、三水、四会、从化、开平、梅县、五华、平远、龙门三十一县，年产额亦只二百余万斤，合计此数，当然不能供给，是以不能不仰给外地，不能不向外采购。

于是福建之红茶、安徽之绿茶、江西之二色，就向粤省源源而来，昔时三省茶叶之来，以江西河口为集中地，然后沿赣江南下至大庾岭，用劳工挑过莫林关，再由南雄沿北江运至广州或黄埔，计由茶田至口岸，水陆路程二千四百余里，费时阅一二月，甚形梗滞。最近粤汉路通车，而各方交通又日形便利，已不见此现象，现在运茶之情状，其可得而述者，如茶由山户制成后，即售与茶贩，而茶贩又转售之茶号，或有茶号自行派人入山设庄，就地收集，如属江西、安徽两省则多运九江，再运然后到粤，如属闽茶，则有厦门直运。计现在普通红茶每箱（每箱约五十斤）约值十五元至二十元，其特品如闽之星村小种，每箱估计七十五元，赣之武宁估计三十六元，由九江运粤者运费每担约五元，厦门来者运费每担约一元五角。近年闽赣皖三省当局，对茶叶出口都有统制，其价钱又日见高昂，然而粤人似未尝计较此点而少饮其茶也。

总之，茶与粤人，可谓结缘深矣，即作者行文至此，又有人唤我饮茶去，只得再谈几句，近来好谈卫生者流，每喜喝开水，而不好饮茶，此种风气无异反常，抑亦减却不少诗趣。若就采茶制茶工人来说，还要影响国民经济，而况茶是我国主要输出品之一，即就卫生而论，绿茶中如龙井之类，据说含有不少“维他命”。所以，我对于茶是持二元论，将开水代替，我不主张；以其为唯一消遣如潮福人一样，我亦不主张。

选自1937年《社会科学》第6期

张亦庵

茶居话旧

若在别处地方，喝茶只限于喝茶而已，即使有什么果点，如瓜子、干丝之类，其性质只是佐茶之品，其地位只是居于点缀，主要者仍然是茶。可是粤人之“饮茶”，即以吃点心为主。若茶馆而无点心，或有点心而不精美，则这一家茶馆渐渐不能成立于广东人之间，是以从无入茶馆而净饮不吃点心的。茶馆之所望于顾客者，亦不欢迎其单纯地喝茶。近年上海有几家广式茶馆在店堂上标明“净饮加倍”也是有鉴于此的吧。因此，广式茶馆无不致力于点心的制作。

粤语凡对于液体的饮品都称为饮，不叫作吃，也不叫作喝，唯有服中医的汤药则称为“吃茶”，是以一说到“吃茶”，所指的就是吃汤药之谓也。

广式茶馆之最旧者称茶居，新式的称茶室，亦有附属于酒楼的，其风格之新旧不一。近日上海粤菜酒楼附设的茶座，大都力求新颖，极尽豪华侈丽之致。

茶居与茶室之时代不同，大概是以辛亥革命为其划时代的界线，因为所有茶室几乎都是辛亥后才有的；辛亥以前，我们所知的，只有茶居，而没有茶室。

自从茶室勃兴以后，茶居倒也并没有一时给淘汰了，二者并存了很久长的一个时期，就同电影与话剧兴起之后，并没有把京戏打倒了；又像语体文兴行之后，文言文的应用仍然占有一部分的势力。

爱新的人自然不少，恋旧的人也很多。许多人会觉得新式的茶室不及旧式茶居的够味，所以尽任茶室的生意兴隆，同时茶居的生意也不寂寞。

经过了一个长久的时期，直到最近的几年间，在上海的纯粹旧式的茶居，才逐一给淘汰而消灭或革新了。茶居几已成为历史的陈迹，而对于茶居有恋旧之情的人却不胜其感慨系之呢。

在这茶点业除旧布新的时期，旧式的茶居应该作一个历史上的结束，让我把自己对于旧式茶居所知的一切，述说一二。

茶居与茶室有一个不同之点，就是原始时候的茶居是没有女侍的。当然，在那个时代，女子职业尚未普遍，而公共场所的男女界限又分别得很严，茶居里的女侍是无从产生的，即使是女茶客也绝无仅有。辛亥以后，风气大开，茶居业虽然囿于向来的习惯，没有招用女侍，可是他们却创立了“唱女伶”的办法为号召。

所谓唱女伶者，在茶座之前设歌坛，每日定时有女伶歌唱，笙歌弦管，嗷嘈满座。所谓女伶，不一定是登台唱戏的坤伶，有许多只是专走茶居卖唱的，仿佛今日的歌星，不过她们唱的是旧式戏曲，因为当时尚没有所谓流行歌曲的产生，电影歌曲更没有。有好几个女伶是以茶楼卖唱而成名的，如月儿、燕燕、徐柳仙、小明星、张玉京、妙生、宝宝、黄佩英等都是以歌唱的技艺风靡一时的，而且大都是货真价实的凭其技术而成名，而并不因为“年轻貌美”。现在，她们有些已经是徐娘老去了，可是仍然有许多人对她们歌唱的技艺十分钦佩和眷恋。

唱女伶之风，曾盛行于广州及香港，上海的广式茶居至今没有行过。只有现在新都饭店的茶座里有新式歌唱仿佛近似，而一新一旧，风味究有其不同之处，这是由于时代的限制使然的。

上文说过，有一部分茶馆附设于酒楼，如今日之新都、康乐、大东、南国等都是。旧式的茶居，不论在港在粤在上海，有一部分也是附设于酒楼的，如从前上海的会元楼、翠乐居、粤商等，统其名称为粤菜茶点业。不过以我所知，最始初的茶居普不附设于酒菜馆，而附设于饼店的楼上。

饼店在广东，也算是一种规模宏大的门市营业。它们的生意，以承接人家婚嫁时的礼饼为大宗。广东旧俗，女子出嫁，则向男家要索各种果饼以为聘礼，其数目动辄数千枚，富有者或以万计。女家得此，拿来别赠亲友，作为“有女子归”的通知，所赠愈多而丰，则女家愈自觉得其场面之光荣，赠而未尽的果饼，数目不多，则留下来自己享用，如果余数太多，亦可折钱退还饼店。所折之钱，当然也由女家得之。这种婚制，虽不以金钱论，而实际上亦无异买卖。果饼之外，另有整只的烧猪若干，金银首饰若干，礼金现款若干。近日婚姻由家庭做主，而家庭之见解不免旧习者，仍然斤斤于这种礼物的要约。富有之家，固然不会将这放在心上，但是中下人家，往往因为娶一房媳妇而累得一身好几年还不清的债务。在这种风习之下而最能坐收渔人之利的，饼店算是其一。饼店之产生，也是适应这种需要的。

记得在我幼年时代，在广州城内外，较为繁盛的所在，无不开设有这种饼店。店面装修得金碧辉煌，玻璃柜里陈列着色泽鲜明的糕饼，市招写的是“龙凤礼饼”“蜜饯糖果”。店堂的中央就是一座阔大楼梯，正对着门口，由这楼梯上去就是茶座了。所以，从前称上茶居叫“上高楼”。

在上海，以前也有过这样的附设于饼店的茶居，它们的店号是利男居、上林春、群芳居、同安、怡珍。前三者是开设在虹口的，后二者则开设在五马路棋盘街口。至今仍然存在的，只有利男居，店址迁过了，在浙江路、南京路之北，营业制度也变革过了，原来附设的茶居似乎也不存在了。这本来是一家在上海牌子挺老的茶居呢。其余几家，已经消灭得踪影全无了。

现在以卖饼类、糖食而兼营茶楼的，在上海有一家以陈皮梅之类发迹的冠生园，不过一切都成了新式的，而绝非茶居时代的风味了。

平心而论，以旧日茶居的一切制度来比今日最新型的茶楼，则旧日茶居可取之处实在甚少。其唯一使茶客觉得便利之处就是一切都随便。不论来客的衣冠服饰是怎样华贵或褴褛，他们都给予你同样的看待，你不能说他们冷淡，也绝对谈不上殷勤。他们不希冀你的小账，而习惯上也没有给小账的，连加一的数目也没有，一是一，二是二，你喝了多少盅茶，吃了多少点心，就给多少钱。你在茶居里面，可以不拘形迹，你可以箕踞而坐，可以袒裼裸裎，可以高声谈笑，可以随意倾倒茶脚，可以随处丢掷烟头，可以与素不相识的其他茶客拼坐一张桌子，可以自己走上去领取点心，可以自己拿水壶来冲水。

许多恋恋于旧式茶居的人就是喜欢它们这些。

茶居里的茶博士称为“企堂”，这是他们职务上的名称，当面招呼他的时候，却不能用这两个字。他们对于招待客人的态度是不会有殷勤的表示的，甚至于有点偃蹇兀傲。他们身上穿的没有规定的制服，只是一身极其随便的短打。在夏天时，他们可以随便袒胸跣足，或者脚上拖一双犪屐，嘴唇上半黏着半咬着一支自己手卷的“针嘜”卷烟。他们大有暂时不得意而陷于“企堂”的神态。他们不需要什么特殊的训练，如果有所训练的话，就不外下列几种：提得起水壶冲水而不至于泻溢，记得清客人所要的什么东西，心算要灵快而准确，报账要响亮而清楚，捧持、布置、收拾杯壶碗碟要敏捷而经济。此外对于仪容礼貌、应对进退等是全不讲究的。

茶居里的企堂们有他们的一套术语，例如报账时把七字称为“礼拜”，把五字称为“揸住”，立刻称作“马前”，暂时停住称作“拖住”。大人领着小孩子来饮茶，多要一只杯子，称为“带底”。

饮茶虽然以点心为重，但是茶居里所备的茶色却相当多。最名贵的大概要算铁罗汉和铁观音，价倍于他茶。其他的茶就是龙井、乌龙、祁门、六安、普洱、菊花、水仙、香片等，算是最普通的了。此外还有一种叫作“源吉林”的，那是一些草头药配成的药茶而不是茶叶，据说有消食、发表、调整肠胃之功，其味苦涩，不大可口，然而也竟然有人上茶居而要喝这种茶的。“源吉林”是制造这茶的店号，与所谓“王老吉”者相类。

又有人喜欢喝双拼茶，即是一盅里放置两种不同的茶叶，两种中之一又必定是菊花，取其清凉去热。例如菊花与龙井配合，称为“菊井”；菊花与红茶配合，称为“菊红”；菊花与水仙，称为“菊仙”。

照茶居旧例是不用茶壶的，用茶壶泡茶是后来的事。以前一般都用盖碗，粤人叫作“焗盅”。较高贵的堂坐，除盅上有盖之外，盅下更承以“茶船”。至于用玻璃杯而外笼以金属的罩架，那是最近代式的办法了。

从前物价便宜，茶居里的点心，不问咸甜荤素，价钱一律的。在我记忆里最初的点心价钱，每碟似乎是一分八厘（第一个铜元作六厘计，一分八厘即是三个铜元，而实际上那个时候铜元还刚开始通行，平常通用的还是制钱），后来增至二分四，即是增高了一个铜元，后来又增至三分六。所有的点心，大概可分为如下的几类：第一类是普遍而为家家例有的，如叉烧包、虾饺、烧卖之类。第二类是应时的，如端午节前后的粽子，中秋前后有月饼，辣椒当令的季节有辣椒烧卖。第三类是各家独特的专长制品而为别家所没有或不及的，这一家茶居的生意便往往靠这一两色的点心为号召，而制作这一两色点心的技师实有操这家茶居生意生死的大权，不可轻视。第四类是糖果蜜饯和普通制备的糕饼，长期安放在桌上的，与那新鲜滚热出笼的热点心不同。这一类东西，光顾的人很少，除非是一时吃不着新鲜出笼的点心，或者过了新鲜点心的时限，才饥不择食把它来充数，否则那一类点心只好当作陈列品陈列着。因为那种点心长时间搁置在桌上，既不一定新鲜，又有积纳尘埃之嫌，所以就不大有人领教。第五类是汤炒的面类、馄饨、水饺等。瓜子是绝对没有的。现在上海有几家广式茶馆的桌上备着一碟南瓜子，那是模仿上海茶馆的作风而投合本地茶客的需要，是海派而非广派了。

汤炒之类的东西是为了几乎要正式充饥的茶客才会吃。

最普遍销行的是第一至第三类的点心。

经济的茶客，大抵一盅茶，一碟点心，便已满足他的需要。

有些人上茶居并不一定为了要吃茶或吃点心，只是为了他们已有了上茶居的习惯，每天到了那个时候非到茶居里坐上一会儿不得舒服。只要坐这么很短促的一会儿，十分钟也好，二十分钟也好，便心安理得去干他的正经事了。既然在茶居坐下去，就非泡茶不可，点心也非至少用上一碟不可。这叫作“坐茶监”。监者，监狱也，但是他们以坐茶监为人生一乐。一盅茶、一碟点心，这种吃法有个专门的术语，叫作“一盅两件”，是个标准的经济吃法。“坐茶监”“一盅两件”的风味，非此中人不能领略。

在广东，有好些人一天要上三四次茶居，恬不为怪，尤其是劳动阶级最多这样的习惯。有人指责以为这是不良的社会现象，既费钱，又伤财。但是在民众娱乐、民众消遣没有设施的社会，这种现象是自然会产生的，比之在赌场烟窟流连忘返的已经算等而上之了。

选自1943年《新都周刊》第20—21期

张恨水

茶馆

北平任何一个十字街口，必有一家油盐杂货铺（兼菜摊），一家粮食店，一家煤店。而在成都不是这样，是一家很大的茶馆，代替了一切。我们可知蓉城人士之上茶馆，其需要有胜于油盐小菜与米和煤者。

茶馆是可与古董齐看的铺，不怎么样高的屋檐，不怎么白的夹壁，不怎么粗的柱子，若是晚间，更加上不怎么亮的灯火（电灯与油灯同），矮矮的黑木桌子（不是漆的），大大的黄旧竹椅，一切布置的情调是那样的古老。在坐惯了摩登咖啡馆的人，或者会望望然后去之。可是，我们就自绝早到晚间都看到这里椅子上坐着有人，各人面前放一盖碗茶，陶然自得，毫无倦意。有时，茶馆里坐得席无余地，好像一个很大的盛会。其实，各人也不过是对着那一盖碗茶而已。

有少数茶馆里，也添有说书或弹唱之类的杂技，但那是因有茶馆而生的，并不是因演杂技而产生茶馆。由于并不奏技，茶座上依然满坐着茶客可以证明。在这里，我对于成都市上之时间充裕，我极端地敬佩与欣慕。苏州茶馆也多，似乎仍有小巫大巫之别。而况苏州人还要加上一个吃点心，与五香豆糖果之类，其情况就不同了。一寸光阴一寸金，有时也许会作个例外。

选自“蓉行杂感”系列

（该系列从1943年4月20日起连载于重庆《新民报》“上下古今谈”专栏）

张恨水

茶肆卧饮之趣

古人茶经茶言，谓茶出蜀。然吾人至渝，殊不得好茶。普通饮料，为滇来之沱茶，此外则香片。原所谓香片，殊异北平所饮，叶极粗，略有一二焦花，转不如沱茶之有苦味也。虽然，渝人上茶馆则有特嗜，晨昏两次，大小茶馆，均满坑满谷。粗桌一，板凳四，群客围坐，各于其前置盖碗所泡之沱茶一，议论纷纭，喧哗于户外。间有卖瓜子花生香烟小贩，点缀其间，如是而已。

但较小茶肆，颇有闲趣，例于屋之四周，排列支架之卧椅。椅以数根木棍支之，或蒙以布面，或串以竹片，客来，各踞一榻，虽卧而饮之，以椅旁例夹一矮几也。草草劳人，日为平价米所苦，遑论娱乐？工作之余，邀两三好友，觅僻静地区之小茶馆，购狗屁牌一盘，泡茶数碗，支足，仰卧椅上，闲谈上下古今事，所费有限，亦足销费二三小时。间数日不知肉味，偶遇牙祭，乃得饱啖油大（打牙祭、油大，均川语），腹便便，转思有以消化，于是亟趋小茶馆，大呼沱茶来。此时，闲啜数口，较真正龙井有味多多也。

尤其郊外式之小茶馆，仅有桌凳四五，而于屋檐下置卧椅两排，颇似北平之雨来，仰视雾空，微风拂面，平林小谷，环绕四周，辄与其中，时得佳趣，八年中抗战生活，特足提笔大书者也。

选自 1947 年 5 月 10 日北平《新民报》

张恨水

槐荫呓语——沱茶好

“听罢笙歌樵唱好，看完花卉稻芒香”，世上真有这样的情理。何以知之？请证之于我的品茶。

我之喝茶，那是出了名的。而我喝茶，又是明清小品式的，喜欢冲淡。这只有六安瓜片，杭州明前，洞庭碧螺，最为合适。在四川九年，这可苦了我。四川是喝沱茶的，味重，色浓，对付不了。我对于吃平价米，戴起老花眼镜挑谷子，毫无难色，只有找不着淡茶，颇是窘相毕露。后来茶叶公司有湖北的淡茶输入，倒是对龙井之类，有“状似淞江之鲈”的好处。但四川茶，也并非全不合我口味。我还记得清楚，五三大轰炸这夜，在胡子昂兄家里晚饭，那一杯自制沱茶，色香味均佳，我至今每喝不忘。又逛灌口的时候，在二王庙买了两斤山上清茶，喝了一个月的舒服茶。“当时经过浑无赖，事后相思尽可怜。”我不知怎么着，有一点“怀古之幽情”了。

在北平买不到好茶叶喝，你将认为是个笑话。然而我以北平土话答复你，“现在吗！”前晚我亲自跑了几家茶叶店，请对付点好龙井，说什么也不行。要就是柜上卖的。回家之后，肝气上升。我几乎学了范增的撞碎玉斗。但我不像苏东坡说的“归而谋诸妇”。可是她竟仿了那话“家有斗酒，为君藏之久矣”。她把曹仲英兄早送的一块沱茶，给我熬了一壶。喝过之后，连声说过瘾。仲英兄休怪，这并不是比之于樵唱稻芒，或是“渴者易为饮”，原因是我喜欢明清小品的，而变了觉得两汉赋体的“大块文章”也很好了。

“一粟中见大千世界”，而我感到我们是一种什么的生活反映。

选自1948年10月19日北平《新民报》

徐蔚南

茶和咖啡

什么时候养成我爱好品茶的习惯，正和旁人一样，很难回答的了。因为我国是茶之国，而饮茶又是那么普遍，在家庭里，在社会上，时刻有饮茶的机会，积渐而养成品茶的习惯，更进而养成要饮好茶的习惯。杭州的龙井茶，真是要得，泡出来有股幽香，而入口则味道甚厚，略带些些的苦味，而这苦味中却像是甜的，仿佛我们今日回想往时，就是困境也有点甜味。而今日要的甜味呢，却要如西洋人的饮茶一样，要用白糖掺进去，用人工方法制造的了。

福建的双窨三窨，因为和有花香，所以味道特别的浓厚，而我却爱它的颜色好看，注在白瓷的茶杯中，黄澄澄的仿佛一杯蜜糖。安徽的祁门红茶也着实够味，色香味都妙。我去重庆时，在屯溪耽搁了一个月，好茶着实尝到不少。郊外密云岩一个庙宇里，游客到时常供给一杯清茶，取资甚廉。那种茶在屯溪是极寻常之品，但在别地，便是佳品了。我好几次去密云岩，可说是都为的饮茶。到了建阳，有人供给我品尝武夷山上最驰名的铁观音，只是真假莫辨。后来想想，一定是真的。到了桂林，又逢到中国茶叶公司的经理沈秋雁先生，他在公司所设茶室里请我们饮碧螺春。

我从屯溪到重庆，一路上随时买点土产，沿路送人，到重庆一一送光，独有一包茶叶却不肯送人，要自己享受。那是屯溪一个茶店老板送给我的最好的红茶。用滚水泡出来时，首先，那股香味先钻进你的鼻孔，百般地诱惑着你；其次那味道真好，是厚的，但还是轻松，是一种感觉上的浓厚，一点不腻滞。可惜重庆水太重浊，常常泡坏了茶叶。尤其可惜的逢到淫雨天，工友取茶时，没有将铁罐闭紧，竟致使全罐茶叶发了霉，真气得我发昏。

泡茶的水要纯洁第一，而重庆的水却是泥浊，永远不出好茶。我到南泉王新甫家里才喝到清纯的泉水，注在杯子里，那是水晶；放了茶叶后，便是一块绿色的水晶，真美极了，可惜茶叶还是不好。在唐家沱同乡柴小姐那里也尝到好水。茶叶是本地沱茶，四川沱茶是不坏，但只是不坏而已。

“重庆茶馆的多，好比巴黎的咖啡店”，我初到重庆时，朋友就这样告诉我。我在城里城外观光时，真是五步一茶店，十步一茶馆，而且家家茶馆都有生意，高朋满座。

摆龙门阵——瞎谈天的术语，是产自重庆，而摆龙门阵最好的地盘，自然就是茶馆。茶馆里大多是放着躺椅，或者白帆布做的，或者竹做的。茶客躺在那儿，多舒服。如果和朋友们聊天到口干了，身边茶几上就是一碗清茶，顺手取来解渴，润润喉咙。

茶馆大都带卖瓜子、花生、香烟，还有小贩不时来叫卖糖果，还有报贩，还有擦皮鞋的。进进出出，川流不息。躺在椅子上茶客无聊时便叫茶房拿盆瓜子吃吃，或者叫小贩敲下一点麦芽糖来甜甜嘴巴。识字的等报贩来，买份报纸看看国家大事。

茶馆拥有经常去喝茶的老茶客，或者是早上的，或者中午的，或者是晚间的。早上的老茶客大抵一起身就到茶馆，喝杯清茶外加吃点点心。茶已喝饱，点心吃过，然后回去，不知回去做什么。中午的茶客，大都是吃过午饭去的。中饭后小睡是重庆流行的风气，在家里或者因为人多，他们便去坐茶馆，因为这时茶馆比较清闲，他们喝了几杯茶，便躺椅上小睡，睡了一二小时，然后去办公厅工作。晚上的老茶客，大抵是晚饭后去的，他们是去茶馆聊天的，上至世界大事，下至臭虫白虱，无所不谈。谈到茶馆快要闭门，才陆续回去睡觉。

除开此种老茶客之外，偶然的茶客也是有的。因为路走得多了，便借茶馆来休息一下；或者要赶车子，时间未到，车子未来，便在茶馆等候一下；或者因有什么事务密谈，便约在茶馆相叙。

茶馆，不仅是在重庆，在任何一个地方，总是个乐园。在那儿一边放纵，一切自由，仿佛从严酷的人生下解放了一小时，仿佛从无情的社会压迫下逃避了一回，享受着闲适的趣致。

我对于坐茶馆是没有什么好感，但也没有什么恶感。在不讲工作效率，舒余闲适惯了的社会里，中国茶馆的存在是有其必然理由的。既然有存在的必然理由，便对于茶馆无好恶之可言，应当从更深处去着想了。

一个没有工作的人，而又无可以安居的房间，又无公园之类的场所，闲着的身体无处安排，除了坐茶馆外，请问还能做些什么呢?

争取时间诚然不易，而耗去时间何尝容易呢?要浪费生命，预支年岁，极短时间享受多年的幸福是有条件的，不是任何人能做到的。即如打麻将是杀时间的一法，可是打麻将要有赌本，没有赌本便无从借麻将来杀时间。茶馆中去坐坐，真正是最廉价的杀去时间的方法。

在破落不堪的社会制度下，在冷酷无情唯利是图的“人鼠之间”的城市中，借茶馆作为避难所，争取一二小时的安慰，我们还有什么理由来谴责呢?

人人有向上的意思，而无自甘下流的，下流的社会才逼迫人下流；人人有爱好清洁的心，而无自愿污秽的，只有那污秽的环境才叫人污秽而不自觉。虽则不能因噎而废食，但攻击茶馆是不合理而且无效的。

我到重庆后，曾有一个短时期，因为一切工作的必需品都没有，又无生活的必需品，百分之百无聊中，便也去坐茶馆。在茶馆中望望街上来往的行人车马，或者瞭望江中的风帆与屋顶田地，将寂寞苦闷暂时赶走了，虽则并未得到一丝一毫的快乐，但至少在这一二小时里也没有任何的不快。

从无聊消磨时光方面说来，坐茶馆是为害最小的了。扑克、麻将、逛窑子、抽大烟等等，那为害之大，真是一言难尽了。我不是为茶馆作辩护，茶馆有其必然存在的理由，用不着我来辩护。我只是为坐茶馆的人说法，用不到坐茶馆的人不知坐茶馆人的心境，虽则坐过茶馆而从未反省的人也不知道坐茶馆的心境。

有人说中国茶馆等于外国的咖啡店。但是坐茶馆的心境与坐咖啡店的心境是全然不同的。前者是无聊的消遣，后者是业余的休息哪！

喝咖啡自然也是一种嗜好。炒咖啡时那一种强烈的香味，是最诱惑人的。上海霞飞路上有家出卖咖啡的商店，老是放射那咖啡香味刺激行人，叫你一走到这家商店左右，立刻想咖啡喝，就到它那里去买一二磅的芬芳的咖啡。朋辈中间，有不少喝咖啡的专家，像华林先生就是一个。他亲自烧咖啡，水泡得很开，咖啡完全泡透，不留一点余味。我到重庆后，蒙他叫我到中国文艺社讲过话，承他特别优待，将其秘藏的珍爱的没有启盖的一罐SW咖啡牺牲。凡到会的人都有一小杯。在重庆禁止喝咖啡的严令下，能得喝下这杯咖啡，实在是走运。后来在同乡丁趾祥兄处又吃到了他所秘藏的SW咖啡。后来，在一个公务员的家里，又吃到了SW咖啡。我是与其吃咖啡还不如吃好茶的，但物以稀为贵，在上海战时只有喝CPC的咖啡，无SW牌子的了，到重庆后反而得着，自然最高兴不过的。还有位马宗融先生，他的喝咖啡癖是从巴黎带回。他在北平教书，据说还是天天在烧咖啡喝。

咖啡是一种常青树的种子。这种咖啡树是生长在热带区域，高的有二三丈，短的只齐到腰部。叶子像桂花，小而白，果像红莓苔子，中间有子二三粒，那不是咖啡，咖啡是半丸形，两粒背合，成为圆形，如桐子那么大小。果肉是甜的，但世人所喜欢吃其子，而不喜其果。

据说咖啡最初发见于阿比西尼的“加法”，因其地而名，后传伪为咖啡云。后来有人将咖啡传到阿拉伯去栽种，大告成功，那就是现在著名的“木却咖啡”。到十七世纪之末，又移栽于爪哇，于是热带区域都有咖啡树了。

近赤道或南或北约三十纬度的区域，如果温度终年在五十度以上，咖啡也能生长结实，不过不能如近赤道的那么好了。咖啡最怕浓霜，经霜一染，咖啡即死；酷热虽不致咖啡于死命，但能阻滞其发育。所以种咖啡，以沿海、山麓二处为最宜，因为气候常常可以得中和。

全世界最大的咖啡的仓库是南美洲的巴西。那里所产的咖啡量占全世界产量三分之一，而全世界产量是二千三百余万磅左右。在世界经济不景气的年代，巴西曾议把咖啡当作柴烧的。上面我所说过的CPC咖啡，是一个华侨所经营的。听说是巴西华侨，在上海静安寺路西端，开设一家美国式咖啡店。店中放几张很干净桌椅，顾客去买咖啡时，最初可以免费得饮咖啡一杯。那杯咖啡是在柜台上当场煮成的，所以又香又热。后来CPC牌子已经打出，免费喝咖啡的制度便即取消，而我们还可以去喝的，只要付钞。

咖啡的培栽很不容易，手续很繁。据说种子须播于特设的播种园内，等到苗长成数寸后才移种于山上，木本须用盆来保护，而盆上蒙以树叶，因为恐怕日光太强而致新苗枯死。等到四年之后，树才长大而能结实。像我们中国这种温带地方，七八月之交，正将入秋令，而在热带，则正是春季，百草怒发，万木萌生。到温带仲冬之时，咖啡树开花了，一片片白色恰像北平西山大觉寺的杏林，微风吹来，芬芳触鼻，令人心醉。到四五月时，咖啡果熟，作红色，累累如樱桃。农人便从事于采果工作，咖啡经送入工厂去肉留仁。此种咖啡一经焙制，便可煮饮。

世界上喝咖啡最多的，不是法国而是美国。据说美国人每年购咖啡所费的钱，要达九十万万金元，二倍于法国，四五倍于比奥英荷，而美国每年每人所需的咖啡量，要十二磅多云云。

喝咖啡的习惯传入于我国大抵在五口通商之后，因为我国大多饮茶，不必咖啡，至今如此。关于咖啡，也多笑话，我在东京曾听见神田町一家咖啡饮食店的一个笑话。据说那家咖啡店有若干时候，每天待收市之后，将所存余的咖啡茶，送给附近的工人喝。工人因为白吃咖啡，自然天天享受，可是工厂里，发见工人做工时都是没精神，一点不起劲，然而工人平日的行为又都是个个中规中矩。工厂管理人几经调查，总找不出工人颓丧的原因来。后来发见工人都在咖啡店里白喝咖啡，尽量地喝，喝得那么多，以致每个白喝咖啡的工人，夜夜失眠了，于是白天工作便毫无精神。工厂主人便跑到法庭控告咖啡店企图谋害工人，而致工厂大受损失。但咖啡店的免费赠饮咖啡，也不知道会闹出很大的笑话，当然不肯担当谋害工人的存心的。后来那家咖啡店停止赠喝才了结。

咖啡和茶这两种饮料，原来都有兴奋的作用，从好的方面说，服后能减少疲劳，使神志清晰，加强脑力与体力，增加血压而觉得温暖；从坏的方面说，则易失眠或神经过敏，头痛，心悸及间歇状态，消化不良或便秘等疾，也有原因于饮茶或咖啡的过量。

选自 1947 年《论语》第 132 期

周作人

茶汤

我们看古人的作品，对于他的思想感情，大抵都可了解，因为虽然有年代间隔，那些知识分子的意见总还可想象得到，唯独讲到他们的生活，我们便大部分不知道，无从想象了。我们看宋朝人的亲笔书简，仿佛觉得相隔不及百年，但事实上有近千年的历史，这其间生活情形发生变动，有些事缺了记载，便无从稽考了。最显著的事例如吃食。从前章太炎先生批评考古学家，他们考了一天星斗，我问他汉朝人吃饭是怎样的，他们能说出么？这当然是困难的事，汉朝人的吃食方法无法可考，但是宋朝，因为在历史博物馆有老百姓家里的一张板桌，一把一字椅，曾经在巨鹿出土，保存在那里，我们可以知道是用桌椅的了；又有些家用碗碟，可以推想食桌的情形。但是吃些什么呢？查书去，无书可查，一般笔记因为记录日常杂事嫌它烦琐，所以记的极少，往往有些食品到底不知是怎样的，这是一个很大的缺恨。现在我们收小范围，只就一两件事，与现今可以发生联系的，来谈一下吧。

《水浒传》里的王婆开着茶坊，但是看她不大卖泡茶，她请西门庆喝的“梅汤”和不知是什么的“和合汤”，看下文西门庆说“放甜些”，可知是甜的东西，末了点两盏“姜汤”了。后来她招待武大娘子，“浓浓地点道茶，撒上些白松子胡桃肉”，那么也不是清茶了，却是一种好喝的什么汤了。这里恰好叫我想起北京市上的所谓“茶汤”了。这乃是一种什么面粉，加糖和水调了，再加开水滚了吃，仿佛是藕粉模样，小孩们很喜欢喝。此外有“杏仁茶”和“牛骨髓茶”，也与这相像，不过那是别有名堂，不是混称茶汤了。我看见这种“茶汤”，才想到王婆撒上些白松子胡桃肉的，大约是这一类的茶了。茶叶虽起于六朝，唐人已很爱喝，但这是一种奢侈品，不曾通行民间，我看《水浒传》模样写到吃茶或用茶招待人的，不过沿用茶这名称指那些饮料而已。

据这个例子，例如笔记上多记这些烦琐的事物，我们还可根据了与现有的风俗比较，说不定能够明白一点过去。现在的材料只有小说，顶古旧也不能过宋朝，那么对于汉朝的吃食，没有方法去知道的了。

选自 1957 年 10 月 6 日《新民报晚刊》

南北点心

莲影

苏州的茶食店

故例以茶款客，必佐以细碟数事，内设糕饼之属，故谓之茶食。苏州茶食，为各省所不及。故异地之士绅，来苏游玩者，必购买之，以馈赠亲朋；受之者，视为琼瑶不啻也。其老店，如观前街之稻香村，临顿路之野荸荠，十全街之王仁和，其最著者也。至于叶受和，当时尚未开张，特后起之秀耳。

王仁和，一名王饽饽，规模甚小，资本不丰，特善于联络各衙门之差役，故官场送礼，多用该店之货，而其实物品不甚佳美，因之不克支持，而关闭焉。

若野荸荠，数年前因亏本收歇，不久，复开张于阊外马路矣。

稻香村店东沈姓，洪杨之役，避难居乡，曾设茶食摊于洋澄湖畔之某村，生意尚称不恶。乱后归城，积资已富，因拟扩张营业，设肆于观前街。奈招牌乏人题名，乃就商于其挚友。友系太湖滨莳萝卜之某农，略识之无，喜观小说，见《红楼梦》大观园有“稻香村”等匾额，即选此三字，为沈店题名。此三字，与茶食店有何关系，实令人不解，而沈翁受之，视同拱璧。与之约曰：吾店若果发财，当提红利十分之二，以酬君题名之劳！既而，店业果蒸蒸日上，沈翁克践前约，每逢岁底，除照分红利外，更媵以鸡、鱼、火腿等丰美之盘，至今不替云。

叶受和店主，本非商人，系浙籍富绅。一日，游玩至苏，在观前街玉楼春茶室品茗。因往间壁稻香村，购糕饼数十文充饥。时苏店恶习：凡数主顾同时莅门，仅招待其购货之多者，其零星小主顾，往往置之不理焉。叶某等候已久，物品尚未到手，未免怒于色而忿于言。店伙谓叶曰：“君如要紧，除非自己开店，方可称心！”叶乃悻悻而出。时稻香村歇伙某，适在旁闻言，尾随叶某，谓之曰：“君如有意开店，亦属非难，余愿助君一臂之力。”叶某大喜，遽委该伙经理一切，而店业乃成。初年亏本颇巨，幸叶某家产甚丰，且系斗气性质，故屡经添本，不稍迟疑。十余年来，渐有起色，今已与稻香村齐名矣！

其余如城内都亭桥之桂香村，外石路口之凌嘉和，虽略有微名，仅等之自郐以下耳。

各茶食店之历史，既详为报告矣。今复将各茶食店货品之优劣，更为读者介绍之。

稻香村茶食，以月饼为最佳，而肉饺次之。月饼上市于八月，为中秋节送礼之珍品，以其形圆似月，故以月饼名之。其佳处，在糖重油多，入口松酥易化，有玫瑰、豆沙、甘菜、椒盐等名目。其价每饼铜元十枚，每盒四饼，谓之大荤月饼。若小荤月饼，其价减半，名色与大荤等。唯其中有一种，号“清水玫瑰”者，以洁白之糖，嫣红之花，和以荤油而成，较诸大荤，尤为可口。尚有圆大而扁之月饼，名之为“月宫饼”，简称之曰“宫饼”，内容枣泥和以荤油，每个铜元廿枚，每盒两个。此为甜月饼中之最佳者。至于咸月饼，曩年仅有南腿、葱油两种，迩年又新添鲜肉月饼。此三种，皆宜于出炉时即食之，则皮酥而味腴，洵别饶风味者也。若夫肉饺，其制法极考究：先将鲜肉剔尽筋膜，精肥支配均匀，然后剁烂，和以上好酱油，使之咸淡得中；外包酥制薄衣，入炉烘之，乘热即食，有汁而鲜；如冷后再烘而食，则汁已走入皮中，不甚鲜美矣。复有三四月间上市之玫瑰猪油大方糕者，内容系白糖与荤油，加入鲜艳玫瑰花，香而且甜，亦醰醰有味。但蒸熟出釜时，在上午六时左右，晨兴较早之人得食之；稍迟，则被小贩等攫夺已尽，徒使人涎垂三尺焉。

叶受和月饼、肉饺，不及稻香村之佳，而零星食品，则优美过之。如久已著名之枣子糕、绿豆糕，及新近发明之豆仁酥、芙蓉酥等皆制法甚精，饶有美味也。

野荸荠，素以肉饺及酒酿饼著名。肉饼制法，与稻香村略同。其酒酿饼，以酒酿露发酵，其气芬芳，质松而软，虽隔数天，依然其软如绵，所以为佳。

其外，尚有广东茶食店两家：一名广南居，一名马玉山。地点俱在元妙观以西。茶食花色虽多，其制法粗而不精，其美不及苏州茶食远甚。唯中秋月饼，硕大无朋，其形小者如碗，大者如盘。小者，其价银自五分至数角不等。大者，自一银元起，至数十银元为止。有名七星赶月者，亦价银一元。名目虽奇，其内容，不过糖果等，和以盐蛋黄七枚而已。其味平常，并无佳处，即此一物，可例其余。唯暑月素点，名冰花糕者，广东店独有之，其制法传自英京伦敦，故简称“伦敦糕”。凡广店规则，如物品于某日上市，必先期标名于水牌，借以招徕主顾。“敦”字草书，与“教”字草体相似，店友不谙文义，故以误传讹，认敦为教，遂名此为“伦教糕”矣。“伦教”二字，何所取义？市侩不文，可笑已极！至今沿讹已久，即有文人为之指正，彼反将笑而不信也。

凡茶食店，必兼售糖果；亦有专售糖果者，谓之糖果店。糖果店，以采芝斋为最佳。其著名之品，如玫瑰酱、松子酥、清水楂糕、冰糖松子等是。更有橙糕一味，色黄气馥，其味甘酸，为他店所无者，殊堪珍贵也。

糖果类中，又有所谓果酥者，系用炒熟落花生，和以白糖，入钵研之，气香而味厚；且花生内含蛋白质，及油分甚多，故可以补身，可以润肠，凡大便艰涩者食之，其效力之大，胜于食香蕉也。其品初著名于宫巷颜家巷口之惠凌村，而碧凤坊巷西口之杏花村，实驾而上之。盖惠凌村之果酥，质粗糙而甜分少；杏花村之果酥，质细腻而甜分多，甲乙之判，即在于是矣。

选自 1931 年《红玫瑰》第 14 期

周作人

卖糖

崔晓林著《念堂诗话》卷二中有一则云：“《日知录》谓古卖糖者吹箫，今鸣金。予考徐青长诗，敲锣卖夜糖，是明时卖饧鸣金之明证也。”案此五字见《徐文长集》卷四，所云青长当是青藤或文长之误。原诗题曰《昙阳》，凡十首，其五云：“何事移天竺，居然在太仓。善哉听白佛，梦已熟黄粱。托钵求朝饭，敲锣卖夜糖。”所咏当系王锡爵女事，但语颇有费解处，不佞亦只能取其末句，作为夜糖之一佐证而已。

查范啸风著《越谚》卷中“饮食”类中，不见“夜糖”一语，即梨膏糖亦无，不禁大为失望。绍兴如无夜糖，不知小人儿们当更如何寂寞，盖此与炙糕二者实是儿童的恩物，无论野孩子与大家子弟都是不可缺少者也。夜糖的名义不可解，其实只是圆形的硬糖，平常亦称圆眼糖，因形似龙眼故，亦有尖角者，则称曰粽子糖，共有红、白、黄三色，每粒价一钱，若至大路口糖色店去买，每十粒只七八文即可，但此是三十年前价目，现今想必已大有更变了。梨膏糖每块须四文，寻常小孩多不敢问津，此外还有一钱可买者有茄脯与梅饼。以砂糖煮茄子，略晾干，原以斤两计，卖糖人切为适当的长条，而不能无大小，小儿多较量择取之，是为茄脯。梅饼者，黄梅与甘草同煮，连核捣烂，范为饼如新铸一分铜币大，吮食之别有风味，可与青盐梅竞爽也。

卖糖者大率用担，但非是肩挑，实只一筐，俗名桥篮，上列木匣，分格盛糖，盖以玻璃，有木架交叉如交椅，置篮其上，以待顾客，行则叠架夹胁下，左臂操筐，俗语曰桥。虚左手持一小锣，右手执木片如笏状，击之声镗镗然，此即卖糖之信号也，小儿闻之惊心动魄，殆不下于货郎之惊闺与唤娇娘焉。此锣却又与他锣不同，直径不及一尺，窄边，不系索，击时以一指抵边之内缘，与铜锣之提索及用锣槌者迥异，民间称之曰镗锣，第一字读如国音“汤”去声，盖形容其声如此。虽然亦是金属无疑，但小说上常见鸣金收军，则与此又截不相像，顾亭林云卖饧者今鸣金，原不能说错，若云笼统殆不能免，此则由于用古文之故，或者也不好单与顾君为难耳。

卖糕者多在下午，竹笼中生火，上置鏊盘，红糖和米粉为糕，切片炙之，每片一文，亦有麻糍，大呼曰麻糍荷炙糕。荷者语助词，如萧老老公之荷荷，唯越语更带喉音，为他处所无。早上别有卖印糕者，糕上有红色吉利语，此外如蔡糖糕、茯苓糕、桂花年糕等亦具备，呼声则仅云卖糕荷，其用处似在供大人们做早点心吃，与炙糕之为小孩食品者又异。此种糕点来北京后便不能遇见，盖南方重米食，糕类以米粉为之，北方则几乎无一不面，情形自大不相同也。

小时候吃的东西，味道不必甚佳，过后思量每多佳趣，往往不能忘记。不佞之记得糖与糕，亦正由此耳。昔年读日本原公道著《先哲丛谈》卷三有讲朱舜水的几节，其一云："舜水归化历年所，能和语，然及其病革也，遂复乡语，则侍人不能了解。"（原本汉文）不佞读之怆然有感。舜水所语盖是余姚话也，不佞虽是隔县当能了知，其意亦唯不佞可解。余姚亦当有夜糖与炙糕，惜舜水不曾说及，岂以说了也无人懂之故欤？但是我又记起《陶庵梦忆》来，其中亦不谈及，则更可惜矣。

廿七年二月廿五日，漫记于北平知堂

［附记］

《越谚》不记糖色，而糕类则稍有叙述，如印糕下注云："米粉为方形，上印彩粉文字，配馒头送喜寿礼。"又麻糍下云："糯粉，馅乌豆沙，如饼，炙食，担卖，多吃能杀人。"末五字近于赘，盖昔曾有人赌吃麻糍，因以致死，范君遂书之以为戒，其实本不限于麻糍一物，即鸡骨头、糕干如多吃亦有害也。看一地方的生活特色，食品很是重要，不但是日常饭粥，即点心以至闲食，亦均有意义，只可惜少有人注意，本乡文人以为琐屑不足道，外路人又多轻饮食而着眼于男女，往往闹出《闲话扬州》似的事件，其实男女之事大同小异，不值得那么用心，倒还不如各种吃食尽有滋味，大可谈谈也。

廿八日又记

选自 1938 年《宇宙风》第 74 期

张亦庵

烘山芋和早点心

从前有一个时期，我是实行废止朝食的，倒并不因为看了蒋竹庄先生的废止朝食论而废止朝食，实在是当时觉得朝食的不需要，早上起来肚子既然不感觉饥饿，何必定要循例吃点东西？有些人名为废止朝食，而每天早上却要喝一杯牛奶和两枚鸡蛋，而我在当时连一杯白开水也不喝，因为早起的以后两三小时内，实在没有胃口，与其没有胃口而勉强吃点东西，不如干净的不吃。

自从这几年以来，脏腑也随着时局的变动而有点变动了，也许因为日常所吃的太薄啬了，肚子里油水太少的原故，很容易觉得饥饿，从前早上提不起来的胃口，现在也大开而特开了。一早起来，便想吃点什么东西，尤其在冷天，早起不吃点东西，觉得特别怕冷。

在从前，天天送来一瓶A字号的鲜牛奶，每月所花不过三四块钱，鸡蛋不过六七个铜板一只，面包每只卖十来个铜板，就是最高贵的白塔油也不过一块多钱一磅。现在呢，这些东西非大富的人家不能吃，像我们以摇笔杆为生的，只可形诸梦寐。不得已而求其次，则炊饭油条亦以渐渐消灭，大饼油条也像气球一样，越升越高，越高越小。隆冬的早市，比较易求而尚为我辈能力可及者，其唯烘山芋乎？

远在十年之前，曾写过一篇烘山芋礼赞，其中有几句话是：“若以烘山芋来跟糖炒栗子比较，则其情形就有如乡下姑娘比一位交际花。……当它从那简朴的煤烘炉里拿出来时，便从它自己本身蒸发出一种朴素而不妖冶的香气。……当那奔驰得累极了，身体冷得发抖的黄包车夫，掏出七个铜子，买它这么两三团捧在手里时，未入饥肠，已够温暖了……烘山芋的成本没有什么，除了本身的代价就是一点回烟煤屑以及人工酬报而已……当它的价钱变得低时，‘缙绅大大难言之’，倘若烘山芋卖到三块钱一磅时，我想西餐席上，白瓷盆中，将与银质刀叉周旋起来了。”

对于烘山芋，我虽早已加以赏识赞叹，然而实际上买来吃，在当时还是很偶然，因为比烘山芋高贵而可口的东西还多着，而都是我当时能力所能买得起的。常买烘山芋者，只是黄包车夫之流而已，时到如今，烘山芋的身价也随着一切物价飞黄腾达起来，本来可以吃得较高贵东西的我们，比较起黄包车夫来，未免有望尘莫及之叹。他们摸三两块钱出来买烘山芋吃满不在乎，而我则不能不先下一番考虑。然而在一切早点心中，烘山芋还是比较平民化而可以吃得起的。

从去年的冬天起，我在辣裴德路金神父路附近发现了一个卖烘山芋的摊子。从此以后，几乎每天早上总要做成他三四元的生意以供我一家数口的早点之需。这个数量，说来惭愧，然而力之所及，止于如此。有时山芋尚未烘熟，要伫立在炉旁等候，就乘这当儿跟他闲扯起来。

他卖的烘山芋是用秤称的。我问他卖多少钱一斤，他说每斤一元六角，每两一角（烘山芋而用秤称也是亘古未有的新闻，大时代的新作风也）。同他闲谈下，知道生山芋的来价是每担八十元，即每斤八角。每天可以卖两担。我对他说："每天一百六十元的本钱，可以卖三百二十块，这利息也很可观了。"

他叹了一口气道："你老板（惭愧，我并没有老板的资格）别以为这生意好做，其实也没有多少好处，一百六十元的买价外加百分之四的捐钱，车钱，买煤的钱，虽是回烟煤的煤屑，价钱可不小，另外又要捐照会等等；山芋烘过，水分干了，总要轻了多少，卖一块六角钱一斤，实在没有多大的好处呀。"

他虽这么说，但是我总相信他有相当的好处。直至最近去买，忽然不见了他的山芋炉子，而由另一个人在那里摆设另一种买卖的摊子了。我问他卖烘山芋的哪里去了。他说烘山芋此地不卖了，卖山芋的人到乡下去了。于是我惘然去买另外一种东西来充早点。

前天，家里的一只镬子破了，叫来一个路过补镬而兼补碗的人在后门外补镬子。恰巧我打后门出去，看那人非常面善，禁不住问起他："你不就是卖烘山芋的吗？"他对我也似曾相识地答道："是的，老板。""你怎么不卖烘山芋了？""烘山芋卖不下去了。这两天山芋卖到一百二十块一担，烘好卖出去就非两块多钱一斤不可。两块多钱一斤的烘山芋，还有多少人来光顾？因此就不得不改行了。""你倒本领大，能烘山芋，能补镬补碗，什么都会。"

我口里在夸赞他，我心中却为他的烘炉悲悼。我在十年前说的"倘若烘山芋卖三块钱一磅时……"的话，不幸而相差不远矣，大概西餐席上的白瓷盘子和银质刀叉已经在等待着了吧。烘山芋呀烘山芋，你的身价日高，我们同你的关系也就日远了。

选自 1943 年《新都周刊》第 1 期

张亦庵

苏广月饼

过节过年，是人们对于时间的或喜或忧的感觉表示，当然是一件大事。我国既是“以食为天”的国家，逢到像这样重要的时令，岂可以无吃?

端节的粽子，中秋的月饼，在国人的节季饮食里是占有同样重要性的。

在秋言秋，让咱们来谈谈月饼吧。

日前在南京路某食品店前走过，看见店面上高挂着“苏广月饼”的广告，大可与苏广成衣并传。

月饼之在苏与在广，不论形式品味，都有显然不同之处而各有千秋。

苏式月饼，都是小巧玲珑，大小不过如茶杯口。广式月饼，大都有二寸左右的直径，一寸上下的厚薄。以月饼的表层而论，苏式的全是酥皮，层层松起，比之高桥松饼油水多一点；广式月饼则从来没有用酥皮的，如有酥皮者，即不名为月饼，抑亦并非适应中秋之用。

苏式月饼在表皮上印红字，广式月饼则除了红字之外，更用硬印印成浮雕的花纹。这都是说明各该月饼的名称和出品的店号的。

广式月饼，馅的部分所占甚多，皮的部分所占甚少，大约是四与一之比。苏式月饼则馅占约五分之二，而皮占五分之三。所以吃广式月饼，几乎等于完全吃饼内之馅，其表皮，不过是绝不重要的一层包护其内层的东西。苏式月饼吃起来表里并重，殊无轩轾。然而广式月饼之中又有一种称作“冰皮”者，饼皮不作焦黄之色而洁白如冰雪，质品特别柔软，然仅限于某几种馅之月饼始有之，非一切月饼均可得而冰皮也。

月饼的名称，视其馅为别。苏式月饼有南腿、葱油、百果、细沙、玫瑰、枣泥等；广式则有莲蓉、椰蓉（以上两种均有荤素之别，荤者内加蛋黄）、豆蓉、豆沙、枣泥、五仁甜肉、五仁咸肉等。我对于五仁月饼，不问其为咸肉或甜肉，平生最怕吃，然自入饥不择食的时代以来，即使是从前最憎最怕的东西都变成美味了。

除了上述之外，广式月饼又有一种倾重装饰风味而专供摆设送礼之用的，饼的大小不一，而大小与厚薄的比例又与普通的月饼不同，饼面不用硬印浮雕而用手工描绘，或者用糖花纸花之类堆砌。每一个饼，各占一个圆形的盒子。起码的盒面蒙以极稀薄的纱布，可以望见盒内的饼；考究的用玻璃盒面。还有一种做成像小猪形状，大不盈握的，外面罩以一个竹编成而涂染彩色的小猪笼，这是哄哄孩子之用的。以上两种都是可目而不可口的。

广式月饼的价钱比什么饼都贵，贵得真有点不近情理。这是一向如此的。从前有好几家饼店，他们营业上的利润就靠每年一度的中秋月饼。这两年买高价月饼的人虽然不少，但是一般买客却没有以前那样普遍了。

日前看见广式月饼的标价每只自二十八元至六十二元不等。

在战前，某大公司的饼点部都已有百元一只的月饼，不过那是硕大无朋，一个人轻易拿它不动的。那种月饼，只合作为广告之用，动人耳目而已，如果真有谁把它买回家去，就未免有点冤大头气。那时候的那种大月饼，放在目前，每只就非万元以上不可。

选自1943年《新都周刊》第28期

张恨水

夜半呼声炒米糖

客有稍住春明门内者，对“硬面饽饽”呼声，必有其深刻印象。若求其仿似声于重庆，则“炒米糖开水”是已。此类小贩，其负担至者，左提一壶，右携一筐，筐上置小灯，其事遂毕。或荷小扁杖，前壶而后筐，手提八方寸立体之玻璃罩油灯，亦尽乃事。壶多有胆，内燃火炭，其火待死，作紫色，仅有微温，水沸与否，天知之矣。筐中有粗碗，有竹箸，有纸包之炒米糖块。食时，以米糖碎置碗内，提壶水冲之，即可以箸挑食。糖殊不佳，亦复不甜，温水中不溶化，其味可知也。虽然，吆唤其声之情调，乃诗意充沛，至为凄凉。每于夜深，大街人静，万籁无声。陋巷中电灯惨白，人家尽闭门户。而“炒米糖开水”之声，漫声遥播，由夜空中传来。尤其将明未明，宿雾弥漫，晚风拂户，境至凄然。于是而闻此不绝如缕之呼声，较之寒山夜钟声更为不耐也。

选自“山城回忆录”系列

（该系列连载于1947年北平《新民报》）

徐蔚南

点心与茶食

点心自然推广东第一，在广东的茶馆里，自朝到暮，有各式点心供给，简直叫你不要吃什么饭，只要你吃点心过日子的样子。

我到重庆去时，路过曲江，那吃茶点的风气，并不因面粉的珍贵而有所限制，依然和战前一模一样。茶馆饭店里吃点心的客人川流不息，拥挤得很。到桂林，像东坡酒家那一种的广东茶馆，也是天天客满。

到了重庆，因为不住城内，便难得吃广东的点心了，在上清寺、两路口一带，点心是油条、大饼，最为普遍，也最为大众化。美食家则吃豆浆冲鸡蛋，冲鸡蛋用糖味调，在上海四周是不通行的，凡是吃蛋大都是用盐的，所以不惯于甜味的豆浆冲蛋。河南式的薄饼、山东式的韭菜心饺子，偶然试一两回，也还有味道，多吃便觉讨厌。在上清寺街有一个无锡人开的点心店，以所制粢饭出名，也带卖豆浆、油条，每天早上只做两个钟点，就把一天的货色卖光，生意着实不差。

时髦朋友要吃西点及牛奶吐司，我们实在不敢领教。第一，面包烤得那么不地道，加上莫名的牛油，实在比任何东西都难吃。第二，西点也是粗制滥造，徒有其形式，而没有一点味道。新式的点心店，不管城里城外，一律店号叫“三六九”，不知哪一家是首创老店。所卖的点心，有面、汤圆、春卷、定胜糕之类，是下江味道。

城里的成都馆子，所做的面食，像红油饺子之类，味颇可口。所谓红油就是辣油。每客饺子不多，大食家一口气可吃三四客。

重庆可吃的点心不多，好在普通一般人也吃不起什么点心的。家中有位好太太的公务员们，每月领到了雪白的面粉时，便做各种的面食。北平的薄饼哪，菜馅的饺子哪，牛肉馅的馄饨哪，随自己高兴要做什么，便做什么来吃。小孩子因为平素难得跟父亲上点心店，看见家中做了面点心，不管小肚皮里装不下，拼命抢来吃，一大盆的面点剩下一两个，留给他们的母亲，忙了一早晨的母亲。

糖果茶食比点心似乎更贵，而孩子们是最欢喜糖果茶食的。做了父母的大学教授和公务人员看见孩子们企望糖果的眼光，常常感到一种压迫，觉得对孩子们抱歉似的，每天朋友们来摆龙门阵，便不期然而然说道："现在的孩子们真苦，什么糖果都没有得吃，至多偶然买点沙炒豆，或者买点麦芽糖来分给他们，而那么一些些的东西，真难得叫他人满足！"这情景在战时是如此，在战后何尝不如此呢？

选自 1947 年《论语》第 132 期

周作人

南北的点心

中国地大物博，风俗与土产随地各有不同，因为一直缺少人记录，有许多值得也是应该知道的事物，我们至今不能知道清楚，特别是关于衣食住的事项。我这里只就点心这个题目，依据浅陋所知，来说几句话，希望抛砖引玉，有旅行既广，游历又多的同志们，从各方面来报道出来，对于爱乡爱国的教育，或者也不无小补吧。

我是浙江东部人，可是在北京住了将近四十年，因此南腔北调，对于南北情形都知道一点，却没有深厚的了解。据我的观察来说，中国南北两路的点心，根本性质上有一个很大的区别。简单地下一句断语，北方的点心是常食的性质，南方的则是闲食。我们只看北京人家做饺子馄饨面总是十分茁实，馅决不考究；面用芝麻酱拌，最好也只是炸酱；馒头全是实心。本来是代饭用的，只要吃饱就好，所以并不求精。若是回过来走到东安市场，往五芳斋去叫了来吃，尽管是同样名称，做法便大不一样，别说蟹黄包子、鸡肉馄饨，就是一碗三鲜汤面，也是精细鲜美的。可是有一层，这决不可能吃饱当饭，一则因为价钱比较贵，二则昔时无此习惯。抗战以后上海也有阳春面，可以当饭了，但那是新时代的产物，在老辈看来，是不大可以为训的。我母亲如果在世，已有一百岁了，她生前便是绝对不承认点心可以当饭的，有时生点小毛病，不喜吃大米饭，遂叫家里做点馄饨或面来充饥，即使一天里仍然吃过三回，她却总说今天胃口不开，因为吃不下饭去，因此可以证明那馄饨和面都不能算是饭。这种论断，虽然有点儿近于武断，但也可以说是有客观的佐证，因为南方的点心是闲食，做法也是趋于精细鲜美，不取茁实一路的。

上文五芳斋固然是很好的例子，我还可以再举出南方做烙饼的方法来，更为具体，也有意思。我们故乡是在钱塘江的东岸，那里不常吃面食，可是有烙饼这物事。这里要注意的，是“烙”不读“老”字音，乃是“洛”字入声，又名为山东饼，这证明原来是模仿大饼而做的，但是烙法却大不相同了，乡间卖馄饨面和馒头都分别有专门的店铺，唯独这烙饼只有摊，而且也不是每天都有，这要等待哪里有社戏，才有几个摆在戏台附近，供看戏的人买吃，价格是每个制钱三文，计油条价二文，葱酱和饼只要一文罢了。做法是先将原本两折的油条扯开，改作三折，在鏊盘上烤焦，同时在预先做好的直径约二寸、厚约一分的圆饼上，满搽红酱和辣酱，撒上葱花，卷在油条外面，再烤一下，就做成了。

它的特色是油条加葱酱烤过，香辣好吃，那所谓饼只是包裹油条的东西，乃是客而非主，拿来与北方原来的大饼相比，厚大如茶盘，卷上黄酱与大葱，大嚼一张，可供一饱，这里便显出很大的不同来了。

上边所说的点心偏于面食一方面，这在北方本来不算是闲食吧。此外还有一类干点心，北京称为饽饽，这才当作闲食，大概与南方并无什么差别。但是这里也有一点不同，据我的考察，北方的点心历史古，南方的历史新，古者可能还有唐宋遗制，新的只是明朝中叶吧。点心铺招牌上有常用的两句话，我想借来用在这里，似乎也还适当，北方可以称为“官礼茶食”，南方则是“嘉湖细点”。

我们这里且来作一点烦琐的考证，可以多少明白这时代的先后。查清顾张思的《土风录》卷六，“点心”条下云：“小食曰点心，见《吴曾漫录》。唐郑傪为江淮留后，家人备夫人晨馔，夫人谓其弟曰：‘治妆未毕，我未及餐，尔且可点心。’俄而女仆请备夫人点心，傪诟曰：‘适已点心，今何得又请！’”由此可知点心古时即是晨馔。同书又引周辉《北辕录》云：“洗漱冠栉毕，点心已至。”后文说明点心中馒头、馄饨、包子等，可知说的是水点心，在唐朝已有此名了。茶食一名，据《土风录》云：“干点心曰茶食，见宇文懋《昭金志》：‘婿先期拜门，以酒馔往，酒三行，进大软脂小软脂，如中国寒具，又进蜜糕，人各一盘，曰茶食。’”《北辕录》云：“金国宴南使，未行酒，先设茶筵，进茶一盏，谓之茶食。”茶食是喝茶时所吃的，与小食不同，大软脂，大抵有如蜜麻花，蜜糕则明系蜜饯之类了。从文献上看来，点心与茶食两者原有区别，性质也就不同，但是后来早已混同了。本文中也就混用，那招牌上的话也只是利用现代文句，茶食与细点作同意语看，用不着再分析了。

我初到北京来的时候，随便在饽饽铺买点东西吃，觉得不大满意，曾经埋怨过这个古都市，积聚了千年以上的文化历史，怎么没有做出些好吃的点心来。老实说，北京的大八件小八件，尽管名称不同，吃起来不免单调，正和五芳斋的前例一样，东安市场内的稻香村所做的南式茶食，并不齐备，但比起来也显得花样要多些了。过去时代，皇帝向在京里，他的享受当然是很豪华的，却也并不曾创造出什么来，北海公园内旧有“仿膳”，是前清御膳房的做法，所做小点心，看来也是平常，只是做得小巧一点而已。南方茶食中有些东西，是小时候熟悉的，在北京都没有，也就感觉不满足，例如糖类的酥糖、麻片糖、寸金糖，片类的云片糕、椒桃片、松仁片，软糕类的松子糕、枣子糕、蜜仁糕、橘红糕等。此外有缠类，如松仁缠、核桃缠，乃是在干果上包糖，算是上品茶食，其实倒并不怎么好吃。南北点心粗细不同，我早已注意到了，但这是怎么一个系统，为什么有这差异？那我也没有法子去查考，因为孤陋寡闻，而且关于点心的文献，实在也不知道有什么书籍。但是事有凑巧，不记得是哪一年，或者什么原因了，总之见到几件北京的旧式点心，平常不大碰见，样式有点别致的，这使我忽然大悟，心想这岂不是在故乡见惯的“官礼茶食”么？

故乡旧式结婚后，照例要给亲戚本家分“喜果”，一种是干果，计核桃、枣子、松子、榛子，讲究的加荔枝、桂圆。又一种是干点心，记不清它的名字。查范寅《越谚》“饮食”门下，记有金枣和珑缠豆两种，此外我还记得有佛手酥、菊花酥和蛋黄酥三种。这种东西，平时不通销，店铺里也不常备，要结婚人家订购才有，样子虽然不差，但材料不大考究，即使是可以吃得的佛手酥，也总不及红绫饼或梁湖月饼，所以喜果送来，只供小孩们胡乱吃一阵，大人是不去染指的。可是这类喜果却大抵与北京的一样，而且结婚时节非得使用不可。云片糕等虽是比较要好，却是决不使用的。这是什么理由？这一类点心是中国旧有的，历代相承，使用于结婚仪式。一方面时势转变，点心上发生了新品种，然而一切仪式都是守旧的，不轻易容许改变，因此即使是送人的喜果，也有一定的规矩，要定做现今市上不通行了的物品来使用。同是一类茶食，在甲地尚在通行，在乙地已出了新的品种，只留着用于“官礼”，这便是南北点心情形不同的缘因了。

上文只说得“官礼茶食”，是旧式的点心，至今流传于北方。至于南方点心的来源，那还得另行说明。“嘉湖细点”这四个字，本是招牌和仿单上的口头禅，现在正好借用过来，说明细点的起源。因为据我的了解，那时期当为前明中叶，而地点则是东吴西浙，嘉兴湖州正是代表地方。我没有文书上的资料，来证明那时吴中饮食丰盛奢华的情形，但以近代苏州饮食风靡南方的事情来作比，这里有点类似。明朝自永乐以来，政府虽是设在北京，但文化中心一直还是在江南一带。那里官绅富豪生活奢侈，茶食一类也就发达起来。就是水点心，在北方作为常食的，也改作得特别精美，成为以赏味为目的的闲食了。这南北两样的区别，在点心上存在得很久，这里固然有风俗习惯的关系，一时不易改变；但在“百花齐放”的今日，这至少该得有一种进展了吧。其实这区别不在于质而只是量的问题，换一句话即是做法的一点不同而已，我们前面说过，家庭的鸡蛋炸酱面与五芳斋的三鲜汤面，固然是一例。此外则有大块粗制的窝窝头，与“仿膳”的一碟十个的小窝窝头，也正是一样的变化。北京市上有一种爱窝窝，以江米煮饭捣烂（即是糍粑）为皮，中裹糖馅，如元宵大小。李光庭在《乡言解颐》中说明它的起源云：相传明世中官有嗜之者，因名御爱窝窝，今但曰爱而已。这里便是一个例证，在明清两朝里，窝窝头一件食品，便发生了两个变化了。本来常食闲食，都有一定习惯，不易轻轻更变，在各处都一样是闲食的干点心则无妨改良一点做法，做得比较精美，在人民生活水平日益提高的现在，这也未始不是切合实际的事情吧。国内各地方，都富有不少有特色的点心，就只因为地域所限，外边人不能知道，我希望将来不但有人多多报道，而且还同土产果品一样，陆续输到外边来，增加人民的口福。

选自《知堂集外文·四九年以后》，1988年8月，岳麓书社出版

花果飘香

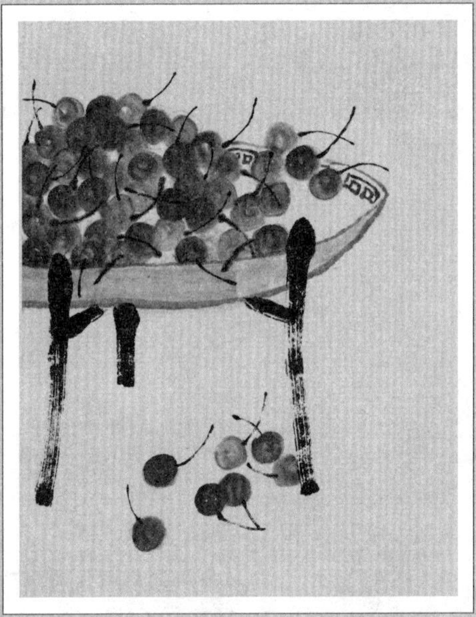

张恨水

风飘果市香

“已凉天气未寒时”，这句话用在江南于今都嫌过早，只有北平的中秋天气，乃是恰合。我于北平中秋的赏识，有些出人意外，乃是根据“老妈妈大会”“奶奶经”而来，喜欢夜逛“果子市”。逛果子市的兴趣，第一就是“已凉天气未寒时”。第二是找诗意。第三是“起关”。第四是“踏月”。直到第五，才是买水果。你愿意让我报告一下吗？

果子市并不专指哪个地方，东单（东单牌楼之简称，下仿此）、西单、东四、西四。东四的隆福寺，西四的白塔寺，北城的新街口，南城的菜市口，临时会有果子市出现。早在阴历十三的那天晚半晌儿，果子摊儿就在这些地方出现了。吃过晚饭，孩子们就嚷着要逛果子市。这事交给他们姥姥或妈妈吧。我们还有三个斗方名士（其实很少写斗方），或穿哔叽西服，或穿薄呢长袍，在微微的西风敲打院子里树叶声中，走出了大门。胡同里的人家白粉墙上涂上了月光，先觉得身心上有一番轻松意味，顺步遛到最近一个果子市，远远地就嗅到一片清芬（仿佛用“清香”两字都不妥似的）。到了附近，小贩将长短竹竿儿，挑出两三个不带罩子的电灯泡儿，高高低低，好像在街店屋檐外，挂了许多水晶球，一片雪亮。在这电光下面，青中透白的鸭儿梨，堆山似的，放在摊案上。红戛戛枣儿，紫的玫瑰葡萄，淡青的牛乳葡萄，用箩筐盛满了，沿街放着。苹果是比较珍贵一点儿的水果，像擦了胭脂的胖娃娃脸蛋子，堆成各种样式，放在蓝布面的桌案上。石榴熟得笑破了口，露出带醉的水晶牙齿，也成堆放在那里。其余是虎拉车（大花红）、山里红（山楂）、海棠果儿，左一簸箕，右一筐子，一堆接着一堆，摆了半里多路。老太太、少奶奶、小姐、孩子们，成群地绕了这些水果摊子，人挤有点儿，但并不嘈杂、因为根本这是轻松的市场。大半边月亮在头上照着，不大的风吹动了女人的鬓发。大家在这环境里斯斯文文地挑水果，小贩子冲着人直乐，很客气地说：“这梨又脆又甜，你不称上点儿？”我疑心在君子国。

哪里来的这一阵浓香，我想。呵！上风顺，有个花摊子，电灯下一根横索，成串地挂了紫碧葡萄还带了绿叶儿，下面一只水桶，放了成捆的晚香玉和玉簪花，也有些五色马蹄莲。另一只桶，飘上两片嫩荷叶，放着成捆的嫩香莲和红白莲花，最可爱的是一条条的藕，又白又肥，色调配得那样好看。

十点钟了，提了几个大鲜荷叶包儿回去。胡同里月已当顶，土地上像铺了水银。人家院墙里伸出来的树头，留下一丛丛的轻影，面上有点凉飕飕，但身上并不冷。胡同里很少行人，自己听到自己的脚步响，吁吁呜呜，不知是哪里送来几句洞箫声。我心里有一首诗，但我捉不住她，她仿佛在半空中。

选自“两都赋”系列

（该系列1944年8月1日至1945年1月10日连载于重庆《新民报》）

黄家骐

凉薯与核桃

今年正月里，随着学校，从湘南经过广西，踏进了贵州的一个偏僻的山城。别的不慌，最紧要的是找水果吃。在阴雨蒙蒙当中，找遍了全城，结果除了葵瓜子以外，什么水果也没有。“天无三日晴，地无三里平，人无三分银”，的确是事实。但这些，对于像我这样过惯了流浪生活的人，并没有引起多大的反应。天下雨，可以躲在家里睡觉；地不平，用不着在外面跑路；人太穷，更没有关系，根本我就不是想到贵州来发财的。这里，我应该补充一句，到贵州发财并不难，一个用算盘打来的亲戚，到贵州来做水银生意，不上几个月，就净赚了二三十万。

可是，没有水果吃，却是我感觉到最痛苦的一件事，想起天津的梨、山东的葡萄、广东的香蕉、福建的蜜橘、广西的沙田柚，再瞥一眼摆在桌上的一堆干枯的葵瓜子，气恼、愤恨、焦急，甚至于失眠，垂涎三尺是更用不着说。

嗑了几个月的葵瓜子，“天无三日晴”再不适用了。夏天的太阳虽然没有上海那样的厉害，晚上的空气，可比庐山还要清凉。意想不到贵州还是一个无名的避暑胜地。除了蚊帐以外，整个的夏天，也离不开那条不怎样薄的棉被，虽然这里今年才有人试种棉花。

晚饭后，在城内（外）散步的时候，到处可以看到几丈高的大树，上面结着无数青皮的果子，有点像桐子，也有点像梨，但树干不像桐树那么矮小，树叶又没有梨那样肥大，结果问本地人，才知道是核桃。

桃、李、杏这里产得很多。这些水果，可都不合我的口味。吃一两个，就会使你觉得发胀，再多吃的话，会叫你整天地往厕所里跑。难怪医务室的陈医师，看到摊子上摆着的这些水果就头痛。

七月间，在赶场（集市）的时候，忽然发现了一担一担的凉薯。一毛钱买三斤，提着一大串跑回家，剥开那层薄薄的还粘着泥土的皮，就见到像拳头大的白嫩而饱含水分的肉，不用几口，吃完了，心里觉得无限的凉爽和痛快。味道有点像在大都市吃刨冰，可是它不会使你的牙齿冷得发抖。

凉薯，在其他各省都没有看见过。湖南、广西和贵州，却出产很多。薄薄的皮，很容易剥；白嫩的肉，含的水分极多；也许比香蕉还更要清洁卫生。凉薯和山芋一样，种在土里面，所以贵州把它叫作地瓜。真奇怪，汉口离长沙那么近，交通又那么方便，可是我在汉口住了七八年，没有见过这个东西。

初次吃凉薯，还是去年八月底在长沙的事，当时正是空袭最多的期间，每天吃完早饭，坐小舟到江中的小岛——水陆洲上去躲警报。青年会在水陆洲上，利用湘江，办了一个天然游泳池，差不多天天在这里游泳。警报发出的时候跑到附近英国领事馆旁的大树下坐下来，看到旁边的人，手里都拿着一个像白山芋似的东西，剥开了皮，里面的肉很细嫩洁白，吃得津津有味，自己也买了一个，学着别人的样子，吃了起来。吃第一口，觉得有点土气；多吃几口，这种轻微的土气就没有了。旁人告诉我这叫作凉薯。以后，凉薯就成了我最喜欢的水果。在桂林、柳州的时候，虽然沙田柚比它更甜更好吃，我还是时常照顾它。尤其使我不能忘记的，是在湘桂铁路的难民车中，三天三夜没有饭吃，没有茶喝，它成了我唯一充饥解渴的东西。现在，在这偏僻荒野的贫瘠的山城中，旧雨重逢，当然更觉得加倍的亲切可爱。

中秋节前，新鲜的核桃上市了。本地人拿着一根竹竿，爬上树去，一阵乱打，包着青皮的核桃，就像冰雹似的落了下来。剥去那层青皮，就成了我们平常所见的那种怪丑的、凸凹不平的硬核桃。晒它一天，又是成挑成担地在市场上出现了。一毛钱三十个，够你大半天的敲剥。

据本地人说，核桃吃了可以治肺病。这一点，我们还没有得到科学上的证明。也许是因为剥出来的核桃仁，外面紧贴着一层有花纹的乌黑的薄皮，而且形状就像一个人的两片肺，所以有这种附会的传说留传下来。天气凉爽些的时候，凉薯的需要渐减。在闲暇，或者是读书疲倦的时候，买一两毛钱的核桃，敲敲剥剥，很可以提起精神来。如果有两天没有扫地，房间里堆满了核桃壳，走起路来，发出喀喀的响声，又有一种说不出的快感。

我们的家里，凉薯代替了咖啡、牛奶，核桃代替了洋点心和巧克力糖，谁说我们的生活苦，谁说我们的生活枯燥无味?

贵州并不穷，在这里，一样有白米、小麦、山芋、苞谷和水果。而且，濯濯的童山下面，还埋藏着无数的金、银、铜、铁、煤和水银。这些，都是使外国人瞪着眼睛垂涎三尺的宝贝。将来铁道建设完成以后，一定有无数的出产，从这素称偏僻荒凉的、海拔千公尺以上的高原上，向四方流出去的。

凉薯和核桃，是我在这大时代中最不能忘怀的两种东西。希望这大时代，能把我们每一个青年，训练得像凉薯那样的纯洁丰满，像核桃那样的坚硬结实。

选自 1939 年《大风》第 57 期

张亦庵

瓜

单独地提到一个“瓜”字，心中就发生不出一个明确的印象，因为瓜的种类太多了，其中有我所喜欢吃的，有我所不喜欢吃的；而其形状、大小、色泽也各有不同，乱七八糟的，真是无从发生出一个明确的印象。有之，则是一些圆形或带长形的圆的东西而已。

我曾把自己所知道的瓜，分为五类：第一类只宜于生吃的，第二类只宜于熟吃的，第三类生熟均可吃的，第四类生熟都不宜吃的，第五类虽可吃而不大有人吃的。

只宜于生吃的瓜，最著者当推西瓜。上海所产，以三林塘为有名，但是近年不大听见卖西瓜者之提及三林塘，我非此道中人，又未经实地去考察过，不敢妄说。瓜瓤颜色有红、黄、白三种，而红、黄色者，又有深浅之不同，然而街头叫卖者往往以老虎黄为号召。大概老虎黄是最标准的颜色而可以保证其味之甜吧。我吃过的西瓜，白瓤和红瓤都有很甜的，不过较少罢了。选择西瓜，亦有多少门槛。据说，拿上手而分量重，敲之作空洞而清脆之音，其底部深陷如脐眼，大概是靠得住的，反之则不可靠。至于摇之而有流水之音，乃是倒瓤败瓜，不可买。瓤之颜色亦可凭其外表皮色而加以相当鉴别。皮色深黑的，瓤色红；皮色深青的，老虎黄；皮色花而浅黄，便是白色。

与西瓜同类而形态稍异的，有浜瓜（或称枕头瓜）及马铃瓜。浜瓜大小略如西瓜，其形不作球形而作长圆；马铃瓜也是长圆的，不过体形甚小，很少有五六斤重的。这两种瓜的皮都比西瓜薄，甜的居多，瓜子也多，其香不及西瓜，而绝少“沙瓤”。

上海人过了立秋便不大吃瓜，除了天凉之外，似乎还有点什么医学上的理由，然而似乎没有什么科学上的根据。在广州，则八月中秋正是吃西瓜的节令呢。西瓜之外，生吃的瓜，在上海最普遍的大概要算黄金瓜了。不过黄金瓜这样东西，从前是不登大雅之堂的，高等的水果店是不备这一路货色的，只有挑担子和摆小摊子的小贩有得卖。上流人士不会买来吃，买来吃的多是劳动阶层的人物，因为它的价钱便宜，以前只卖一两个铜板一只；今年却要储备票四五元才买得一个好好的黄金瓜。然而购吃黄金瓜者仍然是那些劳动阶层的人物，因为时至今日劳动阶层人物的收入比之昔日，并不怎么逊色呢。黄金瓜，以前曾被称为“阎王票”，据说吃了它的人，很容易感染到霍乱症，因此曾有一个时期被禁止贩卖。其实瓜的本身并无病菌，大约因为卖瓜的小贩临时给买主削皮，削瓜的瓜刨不干净，而且往往把削好的瓜放在他担子上一缸不清洁的生水里浸洗，这样吃了，便难保真不病了。

与黄金瓜品类相似的，还有米筒瓜、脆瓜、老太婆瓜等，皮色或青或白，不作黄色，味不及黄金瓜之甜，而产量亦不若黄金瓜之多，所以街头所见，黄金瓜总比这些杂牌瓜来得普遍了。

熟吃的瓜有冬瓜、南瓜、丝瓜、节瓜、苦瓜等。这些是比较普遍而一时想得起的，绝对没有人把它们生吃。

冬瓜除了充作家常的菜品外，还有两种特殊的吃法和一种特殊的用途。一种是粤菜馆里夏令常有的冬瓜盅：以半个冬瓜作为盛汤之盅，空其中，纳入鲜莲实、鸡鸭火腿粒、冬菇、鲜笋等，炖而熟之，瓜汁内注，味极清鲜。夏日食此，取其鲜而不腻。其次是粤人饼店所卖的冬瓜荷叶水。家庭内亦有以冬瓜荷叶熬清汤，绝无油盐，以为消渴解暑之品，店中所售，则加上甜味，是家庭食品而商品化了。

南瓜，除了剖开以后，里头的颜色橙黄得可爱之外，在吃味方面，可以说一无可取。也许有人会喜欢吃它，而我则觉得瓜类之中，以这种最引不起我们的好感。

丝瓜、节瓜在菜馔里用途颇多，大都作为辅佐之品。

苦瓜味苦而有奇香，江浙人吃不惯，而广东人视为佳品。苦瓜炒牛肉、炒田鸡、焖鲥鱼，更配以蒜豉，都是粤人所嗜的名菜。

黄瓜，又名胡瓜，可以入菜，可生吃，亦可熟吃，我个人的经验以为罗宋菜馆的腌黄瓜弄得最可口，其余的生吃熟吃，总不怎么高明。

还有几种专供摆饰玩赏而未曾见有人拿来吃的是珠瓜、瓦瓜之类，不知尚有其他名称没有。

又有虽可吃而不大有人吃的，那是香瓜，种类亦不一。

落苏，即茄子，粤人呼曰矮瓜。

又木瓜非蔓生植物，本非瓜类，乃亦蒙瓜之名。所谓木瓜者，似有两种。虎骨木瓜酒所用的木瓜，与广东所产的木瓜不同。浸酒的木瓜，坚实而有香气，其株本如何，却未见过。广东之木瓜，树颇高大，一干直生，瓜丛生于近梢叶下，为状类近椰子。瓜熟则酥软而甜，但其气味令人不快。若未甚熟，则片切而糖制之，可供妇孺杂食。

上海有一种名“夜开花”的，原是瓜属，却又不以瓜名。

粤人用字多谐音上的忌讳，有时甚至连“瓜”字也在忌讳之列，因为广东市井语常常把“瓜”字当作“死”字用，所以有些姓黄的人，讳言黄瓜，改称“青瓜”。赌徒讳言“输”字，而丝瓜之“丝”，在顺德一带，与“输”字绝对同音，“输”字而下连一个“瓜”字，其不吉利，可谓甚矣，所以他们把丝瓜称作“胜瓜”。

选自1943年《新都周刊》第25—26期

沈毅

花果馔

饕餮者流，莫不知随园之有食单，而于毛荣食谱则鲜能道其详者。相传，毛字聚奎，清道光时吴门张墊人，烹饪绝伦，张墊及梅林镇巨家，常招致之；时人有“鲀来张墊全无毒，鸡到梅林别有香”之句，其后名大噪，成食谱一卷，惜洪杨乱后，散佚无存。日前偶于友人处得一副本，亦残缺，唯治馔新异可喜，仅花果一馔可二十余种，择其隽雅者，录以飨读者。

夹肉藕：藕去皮，切成薄片，更切肉为糜，和以酱油、盐、面粉等，夹一藕片中，投油锅中煎之，及黄捞起，蘸甜酱食之。

雪梨鸡：宰鸡取肉，切成薄片，荤油炒三四下，再加麻油炒之，然后加盐、花椒末及梨片、冰糖即成，味极爽脆。

荷叶鲊：以小鱼加丁香、白芷、米粉，用荷叶包裹，名荷叶鲊。

荔枝鸭：以荔枝肉铺瓦钵底，将宰就之鸭调味，置荔枝上，更覆荷叶，隔水蒸二小时，即可取食。

菊花鱼翅：以洗净鱼翅，取其软刺；次煮鸡熟，纯取其皮；然后将肉切丝，入油锅炒透，下以黄酒、酱油，并入白菜煨熟；即用鸡皮包裹鱼翅，加入同煮，上覆鲜菊花丝，既香且艳。

桂花蛋：以鸡蛋、火腿末、桂花酱同炒，喜甜者加入冰糖，喜咸者加食盐，味皆隽。

玉胎羹：以晚香玉与云南竹笋同作羹汤，笋嫩玉香，遂成二妙。

茯苓鸡：用肥鸡切块，每净鸡肉一斤，配白茯苓五钱，同入汤，略加白酒酱油，嫌淡酌加飞盐，宜文火烧，有别味。

南瓜饼：清晨摘南瓜花若干朵，和以面粉蔗糖，入沸油中煎之，微焦，勺之起，登盘充饵，隽腴甘芳。

西瓜鸭：择西瓜之浑圆者，切去其盖，剜取瓜瓤，置鸭及南腿片、嫩笋衣、干贝、冬菇，加黄酒及盐，以桑皮纸封之，上锅隔水蒸熟，腴美清香，亦暑中之佳馔。

选自 1944 年《紫罗兰》第 17 期

张恨水

果盘

予性不嗜水果，而酷爱供之。花瓶金鱼缸畔，随供一盘，每觉颜色调和，映带生姿。其初，夏日供桃李，冬日供橘柚，各求一律。后观学生作西洋画，填鸭鳜鱼，萝卜白菜，无不可供写生，予乃习其章法而供之。

尝以杏黄彩龙大瓷盘，置天津大萝卜，斜剖之，翠皮而红瓤，置外向。其后置三雪梨，留蒂，上堆东北苹果二，红、翠、白三色，润泽如玉，大于酒碗，尖端斜披玫瑰紫葡萄一串。水果空隙处，用指大北平红皮小萝卜，洗净使无纤尘，随意砌之，鲜红如胭脂球，色调热闹之极。又尝以深翠盘一，供雪藕半截，红嘴桃三，翠甜瓜一，黄杏四五，亦极冲淡可爱。如香柑佛手，则宜以小盘独供，盖以香取，而非以色取。至木瓜，则已十年不供。因曩有爱女名康儿，玉雪可爱，方能步行，取盘中木瓜弄之，盘旋地板上，令予狂笑。不二月，与予九岁长女慰儿，同以猩红热死，予为之老却五年，至今见木瓜辄心痛焉。

居蜀，花且少插，遑论供果；偶以水果四五，置书架碟中，群儿目灼灼如桃下之东方朔。拒予之，良不忍，则另购数枚分之。或外出，果去其一二，碟中不成章法，乃亟补之。但一疏忽，又去其一二，随补随缺，供辄不能终日。予或脸带愠色，内子即在旁强笑。予深知果之所以缺，必严令群儿勿动，非难行，山居固少糕饵，置此以诱之，又不令亲近，是虐政也，于是摒水果不供。

选自《山窗小品》，1945 年 12 月，上海杂志公司出版

徐蔚南

重庆的水果

重庆是一个水果的城市，大部分的水果都有了，而以橘子为最多，一年到头都有橘子吃。从小学的时候起，我就知道四川是橘子的仓库。因为家中大厅上有一副银杏木的对子，那对联的句子是："河阳无地不栽花，西蜀有山都种橘。"我的识字就从厅堂上的许多匾额联上起的，而对联实在是标语，容易注入人的头脑里。家中大部分的对联虽则相隔数十年，还是记得清清楚楚。四川产橘子，所以从童年时代就有了印象，而儿童又是谁都爱食橘子的。常常想如果到四川去那多好啊，可以吃许许多多的橘子。

果然我到了四川重庆了，当我到达重庆时是在年初，正是橘子收获刚好之后，所以从飞机场走到市街上，满眼是卖橘子的小贩，那深黄色的滚圆的累累的橘子，叫人的眼睛感觉到一种愉快，那色彩实在太美丽了。十多年前，我曾得到过一套印刷最华美的园艺书籍，那是美国加利福尼亚水果大王斐尔明克七十岁做寿时的纪念刊物，其中五彩插图的美好，简直和真的一模一样，那打着生其四德黑印的花旗蜜橘，就是斐氏园中的妙物。据书中所述，花旗蜜橘最初是滚圆的，子很多，皮很薄，后来经过好几次的改良，橘子的形式从滚圆而变为长圆形，子也减少了，而皮已稍厚，原来薄薄的橘皮很难剥落，每易剥伤橘肉，及至其皮种改良而变厚时，便易剥落了。听说花旗蜜橘的种子，就是从四川传过去的。这是极可能的，不过什么时候传到美国，如何传到美国，那是要待考据家来做功夫了。说到味道，觉得四川的柑子，实比花旗蜜橘要鲜美，水分也较多。日本战时统制了一切水果，香蕉切成片晒干做军粮的一种，而橘子则成为病人的专利品。我们在战时，橘子、柑子却任何人都可丰富享受，只要有的是钱，病了而吃不到橘子的自然大有人在，那只好怨他的命苦。

柠檬本来是舶来品。将柠檬切一片放在茶里，虽则是西洋风，但确然有股清香，味道特别。太平洋战争之后，上海一带柠檬的输入成为绝迹，咖啡店里吃茶便没有柠檬。到了重庆倒发现了！说是外国种在成都方面试种成功，此后可以大量生产。

柚子在重庆也是很多，可是滋味不佳，远不如柑子之美。旅途中，在浙江淳安，买到柚子，水汁很多，但是酸极了，仿佛是日本的夏柑，难以下喉。后来，我们把柚子与青鱼同煮，鱼腥为之解除，鱼味便觉得特别鲜美。这个烹调方法在我国还没有应用过，家庭的主妇们不妨来试一下。

重庆的李子也可过得去，自然不能与浙江桐乡李子相比，那是李子皇后。重庆的紫红色的李子反不及绿色的好，后者比较小，味重却鲜美，称为香甘李子，很有道理。

重庆桃子不下于江浙所产，水蜜桃亦佳。将桃子切片加糖煮（但不可煮烂），其味道甚美，上海一带家庭主妇尤为之。到重庆后虽则有上好的桃子，却没有吃到此种煮桃子。没有家庭，自然也没有口福！

甘蔗与藕在重庆有大量生产，味均佳妙。

重庆荔枝也好吃，虽不能与广东荔枝相比较。

枣子与橄榄都是很大，味则较逊。

柿子有扁圆的，颜色橙黄，不像浙江所产那么妍美，但滋味不差。

葡萄味带酸，不及江南。

西瓜据说有德国种，瓜大而味美，但我在巴中没有尝到过，吃到的都是长圆的小瓜，没有味道，而且瓜价很贵。

桂圆着实不差，初出的核大而肉薄，稍迟出者肉厚而核小。从桂圆外壳上可以分别其品质，凡是壳粗的便是肉薄而核大，反之则核小而肉厚。

梨子虽无佳种，但糖梨可吃，皮作蜜黄色，肉稍粗，但甜味不差。淡青色的称为白梨的，粗糙，较糖梨差得多了。

地瓜是番薯的一种，湖南人称为洋薯，广东亦有之，独江南不产。其形状像番薯，唯皮白为佳，嫩者如梨，食则无味。

苹果也不差，但不及江南所产。江南苹果，色香味三者兼而有之，而巴中所产，颜色尚佳，肉坚实而香气全无。

佛手巴中所产者甚为巨大，可代柠檬入茶。

番薯极多，且极巨大，不论熟吃生吃均好。

巴中芭蕉树遍地皆是，而独香蕉无生产，这是巴中水果生产中的缺憾。

选自 1947 年《论语》第 132 期

周作人

藕与莲花

有友人从山西回来，说那里少水而多藕，称之曰莲菜，这与菜根的名称似乎相像，可是规定为菜，这意思便是特别的了。其实藕的用处由我说来十九是在当水果吃：其一，乡下的切片生吃；其二，北京的配小菱角冰镇；其三，薄片糖醋拌；其四，煮藕粥、藕脯，已近于点心，但总是甜的，也觉得相宜，似乎是它的本色。虽然有些地方做藕饼，仿佛是素的熘丸子之属，当作菜吃，未尝不别有风味，却是没有多少别的吃法，以菜论总是很有缺点的。

榨汁取粉，西湖藕粉是颇有名的，这差不多有不文律规定只宜甜吃。想来藕的本性与荸荠很有点相近，可以与甘蔗老头同煮，可以做糕，可以取粉，可以切片加入荤菜，如炒四宝内是一根台柱子，但压根儿还是水果，你没法子把它改变过来。莲子最好是简单地煮了吃，其次是裹粽子，或加在八宝饭、腊八粥里；荷叶用于粉蒸肉；花瓣可以窨酒，圆明园左近海甸镇出有莲花白酒，本来就有荷花香的，今年售一万九千元一瓶，可是只有药气息，虽然甜倒是很甜的。

莲花与桂花在植物中确是怪物，同样的很香，而一个开花那么大，一个又那么小。可惜在中国桂花为举人们所独占，莲花则自宋朝以来归了湖南周家所有，但看那篇《爱莲说》，说的全是空话，是道家譬喻的一套，看来他老先生的爱也是有点靠不住的了。

选自 1950 年 8 月 6 日《亦报》

周作人

藕的吃法

报上说到玄武湖的莲花的用处，题曰《冬天吃藕》，有云：“藕可做丸子，炒藕丝，切了块烧在粥饭中。”藕在果品中间的确是一种很特别的东西，巧对故事里的“一弯西子臂，七窍比干心”，虽似试帖诗的样子，实在是很能说出它的特别地方来。当作水果吃时，即使是很嫩的花红藕，我也不大佩服，还是熟吃觉得好。

其一是藕粥与蒸藕，用糯米煮粥，加入藕去，同时也制成蒸藕了，因为藕有天然的空窍，中间也装好了糯米去，切成片时很是好看。其二是藕脯，实在只是糖煮藕罢了，把藕切为大小适宜的块，同红枣、白果煮熟，加入红糖，这藕与汤都很好吃，乡下过年祭祖时，必有此一品，为小儿辈所欢迎，还在鲞冻肉之上。其三是藕粉，全国通行，无须赘说。

三者之中，藕脯纯是家常吃食，做法简单，也最实惠耐吃，藕粥在市面上只一个时候有卖，风味很好，却又是很普通的东西，从前只要几文钱就可吃一大碗，与荤粥、豆腐浆相差不远。藕粉我却不喜欢，吃时费事自是一个原因，此外则嫌它薄的不过瘾，厚了又不好吃，可以说是近于鸡肋吧。

选自1951年3月6日《亦报》

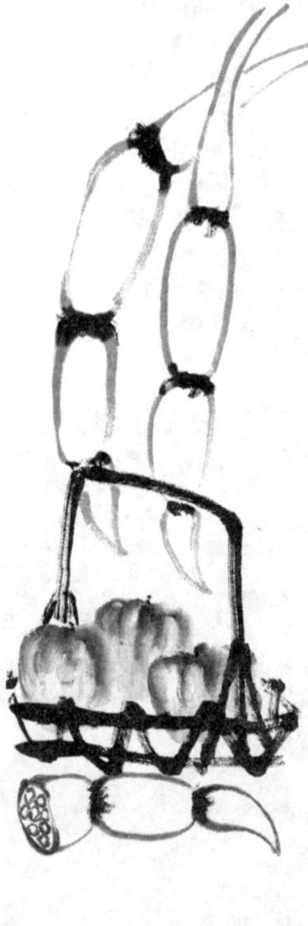

图书在版编目（CIP）数据

回味从前：民国名家旧食记 / 周作人等著；许庆元选编．-- 北京：北京日报出版社，2019.11
ISBN 978-7-5477-3371-4

Ⅰ．①回… Ⅱ．①周… ②许… Ⅲ．①散文集－中国－现代 Ⅳ．① I266

中国版本图书馆 CIP 数据核字 (2019) 第 125859 号

回味从前：民国名家旧食记

出版发行：北京日报出版社
地　　址：北京市东城区东单三条8-16号东方广场东配楼四层
邮　　编：100005
电　　话：发行部：（010）65255876
　　　　　总编室：（010）65252135
印　　刷：廊坊市博林印务有限公司
经　　销：各地新华书店
版　　次：2019年11月第1版
　　　　　2019年11月第1次印刷
开　　本：880 毫米 × 1230 毫米　1 / 32
印　　张：8.5
字　　数：170 千字
定　　价：32.00 元